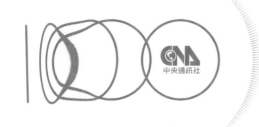

中央社100年

自由永續之路

總統賀詞

中華民國總統用牋

秉持百年初心，永續台灣美好！

　　欣逢中央通訊社創社 100 週年暨改制 28 週年慶，從波瀾壯闊的年代出發，中央社歷經淬鍊轉型，蛻變為公眾所有、獨立經營的公共媒體，不僅是台灣傳播史上的資產，也是國家民主化的可貴表徵。

　　百歲生日值得慶賀，在這本《中央社100年：自由永續之路》紀念專書中，看見媒體的責任與傳承。從紙本到數位，從電報到網路，回望中央社走過篳路藍縷的歷史歲月，都有記者在第一線衝鋒陷陣，這也正是台灣人的拚搏精神。

　　書中收錄的一百餘張珍貴照片，喚起國人許多永誌難忘的回憶，這是台灣精彩人物群像與

中華民國總統用牋

時代記憶的濃縮，透過世代共有的記憶提醒國人，台灣一直走在民主自由的道路上，唯有了解過去，才能邁向共同未來。期許中央社繼續守護真相的價值，以更多元的方式傳遞資訊，迎向下一個 100 年。

　　祝賀《中央社 100 年：自由永續之路》紀念專書出版，中央社 100 歲生日快樂！

總統　賴清德

中 華 民 國 １１３ 年 ７ 月 １ 日

董事長序
百年老店的榮耀與挑戰

中央通訊社　董事長　李永得

中央通訊社是台灣歷史最悠久的媒體，今年(2024)就要歡慶創立100週年。

回顧過去100年的歲月，前70年的身分是國民黨直屬的文宣機構，至1996年立法院三讀通過「中央通訊社設置條例」，才依法轉型成爲國家的媒體，爲全民所共有，超越黨派。

過去隸屬國民黨的70年期間，是黨的喉舌，一路伴隨著國民黨北伐、剿匪、抗戰、內戰、國共鬥爭，到敗退台灣，爲國民黨宣傳不遺餘力；但觀其新聞報導，還是能守住專業的底線。在那個威權統治的年代，相當不容易，也爲中央社留下新聞專業的傳統，才能走到民主時代的100週年慶。

這要感謝開創初期的先賢，包括蕭同茲、曾虛白、馬星野、葉明勳等人以及各個世代傑出新聞工作者的貢獻。他們曾經帶領中央社躍上全球五大通訊社之一，締造榮耀的歷史；也積極推動新聞教育，爲台灣培養了許許多多的新聞人才。

展望未來100年，由於國際政經的新變局及生成式AI科技的快速發展，台灣及媒體都將面臨更大的挑戰；中央社身爲國家媒體，必須做好準備，扮演更積極的角色，承擔更多的責任。

1. 爲世界的台灣扮演更積極的資訊平台

促進國際交流，本來就是中央社成立的使命之一。隨著台灣在國際新變局中的角色越來越提升，全球對與台灣有關的資訊之需求日益殷切；因此中央社未來將

會提供更多語文的資訊服務,擴大建立與全世界各國新聞媒體的合作關係,讓台灣的聲音被世界聽到,也讓世界瞭解真實多元的台灣。

另一方面,也會加強並擴大駐外記者的能量,在全球的新聞事件中,能夠呈現台灣的觀點,讓台灣社會更瞭解世界。

2. 堅定守護台灣的國家利益

不管國際情勢如何發展、不管中國內部遭遇多少難題、不管台灣已經走出與中國完全不同的政治體制,中國共產黨始終沒有放棄侵吞台灣的野心,對台灣的自由、民主、繁榮構成很大威脅。

為了達到侵吞的目標,中國共產黨除了掌控其國內媒體,也以各種手段利用外國(包含台灣)媒體,對台灣發動「認知作戰」。

這場資訊戰早已展開,且無所不在。中央社責無旁貸,必須扮演好守護台灣自由民主價值的尖兵角色。

3. 追求客觀真實,樹立媒體公信力標竿

在網路世界與社群媒體越來越發達的時代,充斥著海量真真假假的資訊,擴散的速度令人難以置信。不論隱藏特殊目的、惡意的假訊息,或無惡意的錯誤訊息,都會造成媒體公信力的崩毀,也威脅到民主自由體制的生存。

近年來,生成式AI科技的發展,讓這個原本就已夠混亂的資訊世界,每況愈下。全世界對此發展都嚴肅面對,台灣自不例外。當然,這是整體政府必須面對的問題。中央社除了善盡媒體的基本責任,盡一切可能去提供客觀、公正、多元、真實的資訊之外;也會跟媒體同業、科技界及民間團體合作,共同在網路世界,打造一個可信賴的資訊平台,重振媒體的公信力,降低假訊息造成的傷害。

社長序
我們一直在寫歷史

中央通訊社　社長　

　　百歲，無論對一個人或一個機構，都是稀有難得的，今年，正是中央通訊社歷經淬鍊、蛻變、轉型、成立百年的寶貴時刻！

　　百年來，中央社用文字與照片記錄了無數的重要新聞發生時刻，不僅承載著國人寶貴的記憶，也為國家留下珍貴的歷史資料。

　　中央社1924年在廣州成立之初，僅是中國國民黨中央黨部旗下的一支宣傳機構，但因緣際會，中央社在烽火中成為全國性的通訊社，並一路記錄中華民國的發展，在台灣見證了國家從落後到進步、從威權到民主、從封閉到開放、從桎梏到自由，戰後台灣的重要變革，中央社無役不與，更完整留下台灣人民的奮鬥身影。

　　早期中央社固然誕生於黨國不分年代，但社內同仁仍多本於新聞專業，不僅樹立了新聞工作的標竿，更引領國內新聞媒體共同前進；而中央社的蛻變歷程，也宛然成為一部中華民國新聞演進史。

　　在台灣社會前進的浪潮下，1996年，中央社改制為財團法人，轉身成為屬於全民所有的國家通訊社，不但立場超越黨派，以客觀報導事實為宗旨，更肩負了與國內外新聞媒體交流的責任，在日益開放而競爭的媒體環境中，拚搏出一條純粹而堅定的新聞道路。

　　台灣言論越加自由，媒體市場大爆發，傳播科技日新月異，大眾閱聽習慣也有截然不同的轉變，中央社跟隨時代的演進，不只提供傳統的文字與照片，影音、圖表、數位互動等多媒體內容，也成了本社多元化的新聞產品。AI科技的迅猛崛起，更帶給中央社挑戰與機會。

　　尤其近幾年來全球民主陣營無不飽受假訊息攻擊之苦，台灣更是重災區，內容、照片、影音等訊息都面臨真偽難辨的挑戰，新聞媒體已不再只是純粹撰寫、製播新聞，還必須有鑑察事實的能力，只有讓自己更加強大，才能迎接新變局。

　　我們學習運用新科技，協助處理巨量且多元的資訊，產製出更正確且豐富的新聞內容。例如我們就利用AI技術，協助Focus Taiwan印尼文版成立，未來多語文新聞的產製，將可服務更多在台新住民與移工；另外，新設置的淨零網站，Q&A機器人即問即答的功能，更可讓閱聽人對這個新領域快速上手。

　　媒體環境瞬息萬變，作為新聞媒體的上游供應者，中央社清楚知道自己的責任，必須以更扎實更專業、更多元更全面的資訊，滿足媒體客戶的需求。

　　我們努力拓展海外據點，希望能用台灣人的觀點，報導國際新聞；也用台灣人的角度，寫出國人在海外奮鬥的故事。我們大量編譯國際新聞，讓國人更了解世界；我們用英日文等外文撰寫國內新聞，讓世界更認識台灣。

　　行動裝置的普及，讓新聞訊息的傳遞越加快速，中央社也必須直接面對閱聽眾的檢驗。無論是網站或行動應用程式的設置，以及社群媒體的經營，都是我們無可迴避的新挑戰。儘管如此，我們對新聞品質與正確性的堅持，仍遠勝於對新聞流量的重視。

　　不做新聞業配與置入性行銷，會讓中央社少掉很多收入；不做羶色腥新聞，會讓中央社失去不少點閱率，但我們仍然選擇這條純粹的新聞之路。我們知道，我們不僅是在寫新聞，也在寫歷史。

　　這些理念與成果，都是無數中央社前輩所努力累積下來的，無論是在第一線衝鋒陷陣的記者，或是編輯台上默默工作的編輯與編譯，甚至是後勤支援的人員，百年來一棒接一棒，傳承至今，才造就了中央社現在的風貌。我們相信，最原始質樸的新聞理念：客觀報導、事實呈現，依然是中央社不變的核心價值，我們必將繼續守護！

　　今日新聞，明日歷史。中央社已書寫了百年歷史，下一個百年，中央社也將繼續為國人寫下真實而可靠的新聞。

目次

輯三　見證歷史一瞬

附錄

1
百年價值傳承

誕生於烽火歲月，中央社遷台40餘載後轉身全民共有，
至今依然跑在新聞第一線，戮力連結國際、對外發聲，
並進行數位革新、人才培育。

透過爬梳史料、訪談人物，主題式呈現中央社百年故事，
既見證台灣民主轉化軌跡，也期許未來的永續創新。

回到百年前
中央社的誕生

1911年10月10日辛亥革命爆發，隔年1月1日中華民國在南京宣告建立。兩千年的君主專制雖然終結，卻陷入南北分裂的混亂局面，內有軍閥割據，外部列國強權則把持各地租界，虎視眈眈。消息的接收、傳播成為重中之重，不單是掌握情勢先機、輿論民意的關鍵，甚至關乎國家主權、大局浮沉。

然而當時新聞事業由英國路透社、美國合眾社等外媒掌握，常任意報導，甚至與本國利益產生衝突。中國國民黨1924年1月在廣州召開第一次全國代表大會時，決心補強傳播工作。經數個月籌備，3月28日中央執行委員會發出〈第29號通告〉，宣布4月1日起成立中央通訊社，落實宣傳普及、踩穩報導立場。

成立之初，中央社暫居在廣州越秀南路53號國民黨中央黨部的收發處，全社僅編輯、記者、寫鋼板、工友各一，每天發稿一次，用極簡編制，努力突破外國通訊社的壟斷。隔年，國民政府於廣州成立，重要文告均交給中央社統一發稿。每天則固定有電報與2到3次新聞稿，供應全廣州報紙；更寄稿至梅恕曾等人在歐洲設立的中歐通訊社，提供內容給海外中文報紙，逐漸擴大中央社的影響力。

1926年7月，國民革命軍出兵北伐，中央社特約記者隨軍報導，向全國傳播最新戰況，隨著戰爭勝利，中央社的知名度與重要性也大大提升。隔年，政府從廣州遷都南京，中央社也隨同遷往，1928～1929年間陸續成立了上海、北平、武漢分社，初具全國媒體的規模，不再侷限為國民黨內的一個小單位。

出走壽康里
黃金五年成長期

1932年4月國民黨中常會決定將中央社改為社長制，5月由中宣部祕書蕭同茲出任首任社長。此前蕭同茲提出三項建議：中央社必須機構獨立，對外不用「中國國民黨中央執行委員會宣傳部」

2

1
南京洪武路壽康里，是中央社獨立經營後的第一個落腳處。

2
1945年7月中央社國民月會，社長蕭同茲（右）、總編輯陳博生（左）與國民黨中宣部部張道藩合影。

的名義；自設無線電台，建立大都市通訊網；在不違背國法和黨紀的原則下，能有處理新聞的自由。三項建議皆獲黨中央同意，蕭同茲自此能施展身手，發揮領導管理長才。

蕭同茲首先主導中央社從黨部搬至南京洪武路壽康里，獨立經營。之後一一收回外國通訊社在中華民國的發稿權，也建立中央社專屬的新聞電台、增設國內採訪據點。種種擘畫架構、建置硬體的舉措，提升新聞來源的廣度與傳播的速度，百年發展也就立下了正確方向。

1932年5月到1937年7月間，局勢動盪，中央社因應國家與時代所需，逐步建立採訪網、電訊網、英文通訊網。1933年7月，南京、上海、漢口、北平、天津、西安、香港七大都市的無線電訊網完工，中央社開始用無線電向各分社播發新聞，分社接收後即刻轉發至各報社，在通訊不易的年代，達到新聞當天即傳送各地的創舉。此外，蕭社長希望用英文多多向國際發聲，故聘請任玲遜籌設英文部，開始發布英文新聞稿，供應給上海、天津、漢口、北平的英文報紙。

在國內稍具規模後，中央社主動對外出擊，開啟海外布局。當時中日關係緊張，戰事一觸即發，亟需精準掌握日本動態，所以在1936年6月成立第一個國外分社——東京分社，駐地特派員由陳博生擔任，對日本政情的犀利觀察，獲各方一致重視。同月在德國柏林舉辦的第11屆奧運，中央社派員採訪，並以口語實況轉播比賽，成為國際採訪與轉播的先聲。

這風起雲湧的大時代，是中央社成長飛躍的5年，西安事件、一二八事變、日軍入侵熱河、滿洲國成立等重大要聞，皆由中央社帶給全國民眾。藉由快速又正確的訊息傳播，中央社樹立專業形象，贏得社會大眾的普遍信任。

烽火中屹立
留下歷史見證

1937年7月抗日戰爭爆發，對於在艱困

中成長的中央社又是一大考驗。9月25日南京總社被炸毀，同仁分批遷往漢口、長沙、重慶，出生入死發布新聞，並首創「隨軍組」攜帶收發報機跟隨部隊，快速報導最新戰況。當交通線被日軍切斷時，甚至以信鴿傳書的方式通訊。

烽火連天，為國服務的中央社自身也成攻擊目標，但中央社人仍以機智與無比的勇氣，在危難中完成任務。隨著第二次世界大戰戰情瞬息萬變，中央社加緊拓展海外駐點，印度、新加坡分社陸續成立，積極報導印、緬和太平洋各地消息，並增進國際人士對我方的認識。

1945年戰火終於休止，9月2日，盟軍總司令麥克阿瑟於密蘇里艦上受降，美軍宣布唯「世界五大通訊社」有優先發新聞電報的權利，意即為美聯社、合眾社、國際社、路透社和中央社；而後抽籤決定發電次序時，中央社幸運抽中第一順位，領先全球發出「盟軍今天在東京灣密蘇里軍艦上正式接受日本無條件投降」的新聞。由此，中央社躋身世界五大通訊社的地位，獲國際肯認。而稍晚於南京、台北的受降典禮，都有中央社記者第一手報導。其中，中央社台灣特派員葉明勳隨台灣前進指揮所第一架專機抵達台北，除了見證受降，也開始在台北籌建分社。

二戰後，中央社重新布建海內外網絡，總社由重慶遷回南京。雖然國共戰爭波瀾再起，卻未曾停止發展腳步，到了1948年，含分社、辦事處、特派員在內，計有國內52個、國外25個分支機構、全社員工2653人，是百年來最鼎盛時期。

內外兼修
遷台後多角經營

1948年下半，國共戰爭局勢漸趨惡劣，各地同仁陸續撤離，輾轉抵達台

灣。過程兵荒馬亂，其中跋涉最遠者為蘭州分社同仁，經哈密、阿克蘇翻越帕米爾高原進入巴基斯坦、印度，於仰光、新加坡、香港轉運，跋涉3萬6000里方抵台北。

1949年12月底，中央社總社正式遷台，以台北分社為住址。隔年台北分社

撤銷，並由曾虛白接任第二任社長，帶領中央社在台站穩腳跟，且與國外通訊社加強合作，重回國際舞台。遷台初期，軍事新聞為採訪重點，國內外重要戰役，韓戰、越戰、古寧頭戰役、一江山島戰役、八二三砲戰等，戰場雖未及台灣本土，但中央社同仁仍趕赴前線，在驚險危局中報導，從不缺席。

與此同時，中央社開風氣之先，倡導以白話文寫新聞。過去發電報時代為了精簡內容，慣以文言文撰稿，中央社首先改採白話文書寫，淘汰「渠」、「驅車走訪」、「云云」等詞彙的使用，以重要資訊破題，讓新聞報導真正達到大眾傳播功效，引領全國媒體走上白話文寫新聞的時代。

1964年1月，總社由西寧南路遷至松江路209號辦公大樓，年底馬星野繼任第三任社長，開啟多樣化內容，服務不同客戶需求。1965年推出名家「特約專欄」邀請幽默大師林語堂、散文家徐鍾珮、東京分社主任李嘉、香港文化人

3
中央社攝影部暗房工作實況，攝於1940年。

4
為拍攝大陳島撤退，中央社攝影記者最後一個離開。

5
1958年二重埔收報台落成。左起電務部主任周紹高、總編輯沈宗琳、副總編輯王芒。

任畢明執筆,作者群腳踏東西南北,在出國觀光尚未普及的年代,透過文字帶領讀者海天遨遊。

同樣是海外資訊的引介,在國際新聞中,人名、地名譯法若不統一,可能造成誤解和疑惑。1968年世界中文報業協會在第一屆大會中決議,請中央社負責統一全球中文報紙外國人名、地名譯名,外交部也要求有關單位,對外國人名、地名譯法,以中央社每日發布的「新見譯名表」為準。現則數位化,使用「中央社譯名檔資料庫」收存譯名、提供服務。此需長期積累的細膩工程,中央社以小見大顯示了自身實力,更是深獲各界信任的證明。

1972年6月,魏景蒙接任社長,經過10個月策畫,1973年4月將中央社改組為股份有限公司,採企業方式經營,股東大會選出馬星野擔任首任董事長。此階段擴大了對日、美、葡、拉丁美洲的新聞發布網,並同步充實新聞內容,開闢商情、氣象新聞,且因應1973年開始的十大建設,中央社訂定新的採訪政策,派記者深入農漁村、礦場、山區等地專題採訪,反映民眾需求。

不斷升級
引領新聞業走向新時代

中央社不斷自我創新、精進技術,在馬星野擔任社長時代捨棄摩斯電碼、紙本油印,改採頁式傳真機播發新聞,提升時效。1982年,中央社在松江路

6
條式文字傳真發信機,亦稱赫氏傳真機、紙條傳真機,於1952～1975年間使用。

7
1982年迄今,中央社在志清大樓辦公40餘載,圖為新落成時的外觀。

8
1983年4月1日,中央社成立59週年及中文電腦啟用茶會。

7

8

原址改建的大樓完工，全新的現代化工作環境，迎來新科技的技術變革。1983年4月1日起，對台灣各報社、廣播電台、電視台，改以中文電腦發稿，提供更迅速的服務。1990年11月自行開發、架設的電腦網路發稿系統上線，讓在外採訪的記者可用手提電腦隨時發稿，爭取先機。

中央社是國內第一家實施電腦化的媒體，宣告新聞通訊事業進入嶄新時代。而後，新聞史再度翻頁，時代的箭鏃朝向網際網路，以及更遠的未來射去。

隨科技日新月異，從單純建置網站、上架內容，再跨足影音新聞，以至於App、語音合成、AI⋯⋯中央社持續活用科技，將最新技術引進新聞領域，甚至在2018年成立媒體實驗室，顯示迎向時代浪潮、與時俱進的實驗精神。

無論時代如何變遷，工具與載體如何革新，新聞人的初心永不變。100年過去，中央社依舊憑藉使命感，在新聞前線拚搏，服務海內外閱聽眾之餘，持續為自身創造跨地域的影響力。

轉型國家通訊社
全民共有

1986年9月28日，民主進步黨成立，主張台灣前途住民自決。1987年7月15日零時起，台灣地區解嚴，結束長達38年的戒嚴，開放黨禁與報禁，民進黨由「黨外」變「政黨」，而長期以來被壓抑與禁錮的民意，以農民運動、勞工運動、學生運動、立法院表演政治等大鳴大放的面貌展現於世人面前。

改制源起
民進黨主張設置國家通訊社

在台灣由威權體制轉向民主發展的變遷年代，80%預算由外交部補助的中央通訊社，遭民進黨立委大力抨擊「黨庫通國庫」，力主刪除預算，反而種下了改制的因緣，成為國家通訊社。

1988年4月中旬，外交部通知才剛從《中央日報》調任到中央社擔任社長的黃天才，儘速與朝野立委溝通新年度預算。「我當時尚不知立法院內情勢已十分險惡，猶以為可以像以往那樣向幾位有力的國民黨立委拜託『護航』即可

順利過關。誰知到了立法院後，才發覺民進黨立委們來勢洶洶，幾位著名大砲立委嚴厲主張將補助本社預算全部刪除。」黃天才於1998年出版的《新聞路上行──中央社人故事》一書回憶中央社改制的源起與歷程。

黃天才不諱言，中央社既為國民黨黨營機構，卻要政府機關提供經費補助，難免有所謂「黨庫通國庫」之嫌。最終，在能言善道的國民黨立委趙少康協調下，民進黨立委勉強同意刪除中央社該年度預算十分之一，但附帶通過「注意辦理事項」：要求一年內要對設立國家通訊社有具體成果，否則將全額刪除中央社預算。

「儘管本社及政府有關部門立即開始進行中央社改制之研議及計畫，但在一年後審新年度預算時，民進黨立委又以改制行動進度太慢，悍然將本社預算刪除十分之一，以示警告。次年又復如此。連續三年內，本社預算遭刪除將近一億元，以致營運經費捉襟見肘，幾乎借貸過日。」黃天才敘述當年青黃不接的窘境。

新聞局原想將中央社改名光華通訊社

經費入不敷出，改制勢在必行，中央社因此組織一個委員會，邀請學者專家、新聞界及黨政界人士、社內各單位主管參與討論與研議。最終確立改制後的中央社，或新設置的國家通訊社以「財團法人」型態經營，屬性為「公共所有，獨立經營」。中央社也擬定一份「國家通訊社設置條例草案」，提供有關單位參考。

同時，在接獲立法院對中央社預算的「注意辦理事項」決議後，行政院院長郝柏村交新聞局組成專案小組研討，國民黨文化傳播工作會及中央社代表也受邀列席。

在此期間，政府專案小組曾組成考察團，分赴英法及日韓考察各國通訊社情況。而後，新聞局於1990年擬具「國家通訊社設置條例草案」呈送行政院，準備提送第一屆立法院審議。

在新聞局專案小組會議上，中央社也提出自擬的「組織條例」草案，最後新聞局雖未採用原文，但基本精神大體一致。黃天才娓娓道來改制歷程，還透露新聞局呈送行政院的草案原計畫把中央通訊社改名為「光華通訊社」，讓當時已升任中央社董事長的黃天才大感不悅，隔天火速與社長洪健昭向行政院祕書長王昭明反映。

兩星期後，行政院由政務委員黃昆輝負責審查此案，洪健昭指派副社長汪萬里參加審查會，會中，汪萬里愷切表明中央社立場，審查會才否決了新聞局為中央社改名擬議，讓中央社這塊招牌得以保留下來。

1994年5月5日中央社社長交接典禮，右起施克敏、黃天才、潘煥昆、唐盼盼，隔年中央社於施克敏社長任內改制成功。

民進黨質疑黨政不分反對設置條例

1991年4月18日，行政院院會通過「中央通訊社設置條例草案」，明定中央通訊社的組織型態為財團法人，主管機關為行政院新聞局。

1991年5月17日，行政院函請立法院審議「中央通訊社設置條例草案」，經由程序委員會意見、國民黨立委廖福本提出希望中央通訊社能為國家所有，加上政府新設機構預算須由預算委員會審查條件等意見，最終此案由

院會交付法制、教育以及預算三個委員會聯席審查。

當時的民進黨立委多以「黨政不分」為由，反對通過「中央通訊社設置條例」。民進黨立委陳水扁6月5日於聯席審查會中質詢指出，「反對中央通訊社設置條例的通過，也反對由國家繼受國民黨的黨營事業，黨政還是要分的。」

民進黨立委盧修一6月20日於聯席審查會中主張，國家通訊社無設置必要；若要設，必須考量脫離國民黨陰影來思考新的條例。再者，又要如何確保此國家通訊社能獨立、超然地為國內外媒體服務？這些都要從人事及經費來源重新規定，或可以直接招考優秀新聞人員，成立一嶄新的國家通訊社。

對此，時任新聞局長邵玉銘備詢時指出，中央社有60多年的歷史，無論是人才、經驗、能力、表現都應予肯定，如果重新設立一個國家通訊社，將面臨經驗、人才不足等諸多問題。他認為國家通訊社成為財團法人組織，不列入新聞局下正式單位，能維持自主性；且預算受行政院與立法院監督，人事由董事會決定，新聞局不插手其事務。

周荃版本
由行政院院長遴聘中央社董事

記者出身的國民黨立委周荃於聯席會議裡堅決主張，基於輿論應超然、公正的考量，中央社改制後的主管機關應提高到行政院的層次。

她於1991年6月11日與17名立委臨時提案，擬具「中央通訊社設置條例草案」之對案，與行政院版本最大不同在於明定中央社主管機關為行政院。聯席會議接下來併案審查。

周荃質詢時指出，中央社的組織條例是解嚴之後第一個有關國家媒體的組織條例，若由新聞局主管此財團法人，未來如何讓這樣的媒體能夠超然、獨立、公正、客觀呢？她主張中央社董事應由行政院院長遴聘，而董事會應為中央社最高的權力機構。

1991年11月4日第四次聯席會議中，盧修一發言贊成周荃版本，認為如此可以避免新聞局控制中央社。不過，新聞局法律顧問楊鳴鐸說，財團法人是為社

1992年1月進入立法院院會討論，立委周荃（右2）搶走議事槌與立法院院長劉松藩（右）僵持不下。

會公益的事業，民法上規定一定要有目的事業主管機關，而新聞事業原本就由新聞局主管。

激烈論辯中，聯席會議主席、國民黨立委吳梓建議，比照中華經濟研究院，暫時不設主管機關，他說，「將來在行政院組織法修改的時候，大家都有這個共識，就是認為中央通訊社應直屬行政院。」聯席會議最終決定刪除明定主管機關的條款。

驚濤駭浪中初審通過
中央社保住招牌

但名稱問題成了另一個攻防焦點。盧修一表示，「我們認為，要設一個國家通訊社可以同意，但名稱要有別於國民黨的中央通訊社。」他建議中央社改名為「台灣通訊社」或「美麗島通訊社」，因為國際上都知道Formosa為台灣，如此有極佳宣傳作用。

吳梓提醒，60多年來，中央社在國際間已有知名度，遠溯自四強時代，至今日在國際各機關都陸續登記，這些無形資產將來都會由國民黨移歸國有，若不能將其概括承接，恐立刻帶來困難麻煩。

國民黨立委蔡璧煌也發言說，「事實上名稱並沒有問題，因為原來的中央通訊社是中央通訊社股份有限公司，而現

1996年2月14日，副總統李元簇（右2）、行政院副院長徐立德（右）、中央社董事長蕭天讚（左）、中央社社長施克敏（左2）等共同開香檳酒，祝賀中央社改制國家化。

在的中央通訊社則是財團法人中央通訊社，所以沒有衝突，因此也沒有問題，本案已經通過了。」

在吳梓強力引導下，「中央通訊社設置條例草案」於第四次聯席會議中審查通過。但盧修一對審查通過名稱及第一條條文，尚有意見，聲明保留在院會發言權。

「中央通訊社設置條例草案」行政院版本有16條、周荃版本有17條條文，審查通過的草案則有15條條文，其中10條都脫胎自周荃的草案。1993年1月

進入立法院院會討論，朝野雙方在名稱上辯論依舊激烈。

民進黨立委彭百顯表示，「反對中央通訊社由現階段的國民黨單位變成國營的財團法人。若實有必要設立一個國家的財團法人，即應重新設置。但若欲設立中央通訊社，即應將名稱改掉，諸如台灣通訊社，或國家通訊社等皆可以考慮。」民進黨立委李慶雄則說，「中央通訊社是國民黨的，不應由國家購買；如一定要設置，不應再用『中央通訊社』這個名字。」

盧修一再度發難，「國民黨黨鞭一再施加壓力、軟硬兼施，出動俊男美女，其目的就是要通過中央通訊社組織條例。為何要急於通過該條例？背後是否大有文章？明明第二屆立委已經選出，新的國會業已產生，如果是有爭議，無法達成協商的問題，可以暫時擱一擱，因為第二屆委員馬上將於2月1日上任。現在不能解決的問題，留待後來的人解決嘛！」

民進黨立委力主朝野協商否則杯葛

由於朝野僵持不下，「中央通訊社設置條例草案」另定期再行審查，沒有在國會全面改選前完成立法。

1992年12月19日，中華民國第二屆立法委員選舉結果出爐，是1948年以來首次在台灣全面改選，國民黨仍維持過半席次優勢，民進黨搶下近三分之一席次。

在這樣的時空背景裡，立法院院會於1994年5月12日逐條討論「中央通訊社設置條例草案」，遭到民進黨立委許添財、陳婉真、沈富雄、林濁水、盧修一、葉耀鵬、李進勇等人發言杯葛，反對黨營變國營，強調立法院已改選，此法案應該退回委員會重審。

民進黨立法院黨團幹事長盧修一強調如果不透過朝野協商，此案絕無法過關。而國民黨立院黨團書記長廖福本則喊話，變更議程有困難，既已排入議程，能通過的條文就予以通過，否則就加以保留，留待協商。

黃天才在書中寫道，「大概在第二屆立委任期中，某次透過黨政協調，民進黨委員提議：如果國民黨同意在改制後的中央社社名上添加『台灣』二字，民進黨即同意本案三讀過關。據說，我黨政當局本已同意接受，並約妥次日大會上通過民進黨所提此項『修正案』後，即緊接完成組織條例之三讀。不料，事聞於女立委周荃（按：當時為新黨籍），周荃立即在立法院會場內外大聲揚言：絕不容許國民黨、民進黨暗通款曲，將中央社名稱改頭換面，並誓言將反對此『修正案』到底！結果，國民黨、民進黨知難而退，此議遂罷。」

由於朝野始終未達成共識，第二屆立法院院會沒有討論「中央通訊社設置條例草案」任何條文。

一波三折
中央社設置條例三讀表決通過

1995年12月2日，被視為總統選舉前哨戰的第三屆立法委員選舉結果出爐，國民黨減至85席、民進黨囊括54席，新成立的新黨獲得21個席次。

立法院院會12月19日併案審查行政院版與周荃版本的「中央通訊社設置條例草案」，一直高度關注此案的盧修一說，「沒有協商以前全部反對。」院會決議，協商後再行討論。

12月26日，立法院院會再度併案討論行政院版與周荃版本的「中央通訊社設置條例草案」，其間，法案名稱及第一條因觸及社名，民進黨立委有異議而保留，第13條朝野現場協商過關，其餘條文均二讀通過。

「中央通訊社設置條例草案」二讀通過後，同一天，隨即進入三讀程序。

當議事人員三讀條文後，主席王金平詢問，「請問院會，對本案有無文字修正意見？」若無文字修正意見即可三讀通過之際，民進黨立委廖大林認為條文中有關中央社「主管機關」的規定有矛盾；主席王金平遂要求朝野再行協商，

11位立委陸續上台發言。

民進黨立委盧修一、謝聰敏認為本案仍有爭議，三讀應暫予擱置、留待下會期再行討論。民進黨立委林濁水建議三讀先予以擱置，民進黨有誠意就爭議性條文協商，待有結論後，提出對二讀的復議案，在朝野一致支持的情況再進行三讀。

爭取台灣加入聯合國最力的民進黨立委呂秀蓮發言，肯定中央社的國際傳播功能，但過去中央社是國民黨御用宣傳機構，編列的預算隱藏在外交部預算中，並不合理。立法院應讓事情法制化、合理化、透明化，如果中央社能迎接新時代的潮流，符合民意，作出實質改革與大幅革新，所有人員維持黨派中正、行政中立，應可考慮讓它法制化。她也提議，中央社應改名為「國家通訊社」。

1995年12月29日立法院三讀通過中央社設置條例，同仁在總社正門慶祝。（孟繼淇提供）

提出中央社改制案對案、且法條大多獲得採用，當時已改披新黨戰袍的周荃則說，成立已70多年的中央社面臨轉型的契機，全體立委應共同承擔；此法案以「財團法人」的設計，讓人事權、預算權回到真正專業者手上，比之行政院版本有較大差異，可以讓新聞人取回新聞人的尊嚴，不再受一黨的指揮。周荃呼籲朝野立委今天就將法案三讀通過；如果中央社表現不如理想仍有機會修法。

在11位立委發言結束後，主席王金平試圖宣布本案三讀通過，由於盧修一等人仍反對，王金平宣布全案另定期表決。

1995年12月29日，「中央通訊社設置條例草案」提付立院院會表決，民進黨立委退席，結果在場立委贊成者52人，反對者0人，棄權者0人，三讀通過。

落實三大任務
在地與國際間的新聞活水

從1988年開始研議改制國家通訊社，至1995年立法院三讀通過設置條例，幾近8年時間，中央社終於完成法制化歷程，轉身為全民共有。

設置條例確立組織架構，也明定三大

任務，成為中央社改制後的發展方向與準則：

一、辦理國內外新聞報導業務，服務大眾傳播媒體。

二、辦理國家對外新聞通訊業務，促進國際對我國之瞭解。

三、加強與國際新聞通訊社合作，增進國際新聞交流。

為積極呼應改制國家化後的任務，中央社在設置條例通過前的同年7月，首度招考專職地方記者，除了原本見長的國際、黨政、經濟建設等新聞之外，更深耕台灣在地新聞，是採訪方針的重大轉捩點之一。

近30年過去，中央社見證台灣東南西北及離島的多元發展，例如1998年起年年報導數十萬名信徒跟隨大甲媽

祖遶境盛況，或是各縣市科技園區招商引資、產業在地布局，以及藝文最新消息，像池上藝術村計畫、嘉義草草戲劇節、澎湖博物館月、台南400系列活動等，在報導中呈現繽紛、湧動的台灣社會力。

國外新聞方面，作為國家通訊社，中央社約有30個海外據點，為國內媒體之首。身為媒體上游，分布全球的特派員在新聞前線戮力達成採訪使命，源源不絕傳回最新消息，既服務國內媒體，也透過網路直接面向閱聽大眾。

除了新聞內容日新又新，對外發聲亦是中央社使命。早在1931年，中央社就大量與外國媒體訂立交換新聞合約，改制後更加強與路透社、法新社、愛斐社、CNN等國際媒體合作。且隨著科技工具進步與閱聽者的分眾現象，合作方式趨於多角化，例如以商情、體育等特定類別新聞，與不同外媒交換合作；又如線下合辦實體展覽，到影音新聞上架泰國電視台、日文新聞上架日本Yahoo與Excite等，不一而足。

透過這些合作，以中文、英文、日文、西班牙文提供台灣視角的新聞與圖片，與此同時，建置中央社自營的多語言線上平台，利用不同管道，放送台灣時事及重大議題。

三項法定任務缺一不可、相輔相成，中央社既生產內容也開闢通路，藉由多元協作方式，促進國際對台灣的瞭解，也把國際新聞帶進台灣；其中更透過全台記者，將生生不息的台灣脈動，帶給2300萬國人，以及全世界。

1
副總統呂秀蓮（右4）2006年6月30日應邀出席在晶華酒店舉行的中央社社慶及改制10週年酒會，和國際重要媒體負責人共同主持慶祝儀式。

2
中央社於改制15週年慶推出日文新聞網站「フォーカス台湾」，由網站總編輯張芳明介紹說明。

打開世界之窗
增進國際新聞交流

1996年7月，中央社正式改制為財團法人，定位為全民共有的國家通訊社，「中央通訊社設置條例」明訂的三大任務中，與國際通訊社的合作及新聞交流是重中之重。中央社曾簽訂新聞交流互惠合約的國際媒體不計其數，不僅與國際媒體深化對話，打開世界之窗，將全球視野帶進國內，也提高中央社新聞的能見度，將台灣的美好傳遞至國際。

與國際媒體的合作自電報到衛星、網路、全球化、持續至現今的新媒體時代，外媒提供最新的新聞、特稿、商情與圖片，由中央社選擇譯用；中央社也向外媒提供台灣角度的中文、英文、日文、西班牙文新聞與圖片，擴大中央社影響力，讓外國讀者瞭解台灣發展的實況。

在全球各大通訊社中，路透社與美聯社純屬民營，前者早年便以財經新聞報導著稱，後者是由美國的報紙、廣播與電視公司合資成立，出資者既是股東，也是訂戶。

收回中文通訊稿權
油印稿紙五顏六色

在二戰前，中國境內以擁有自備電台，自行收發電訊的全球三大通訊社之一——路透社最具影響力，自1872年開始在上海向報社發行英文稿，1912年

路透社上海遠東區分社開始向中文報社普遍發稿，並在遠東地區享有獨占發稿權，一直到1929年2月才被合眾社打破獨占局面。

為提供中華民國立場和觀點的新聞報導，也幫助當時國內眾多小規模的新聞媒體即時獲得海內外重要新聞，1931年10月起中央社先後與路透社、合眾社、美聯社、哈瓦斯社、塔斯社訂立交換新聞合約，收回各該通訊社在我國發行中文通訊稿權，但一開始並不順利。

前編輯部主任周培敬回憶，1934年1月中央社與路透社簽訂新約前夕，他曾花了一整夜以毛筆謄寫4份合約全文，足見當時的慎重。

3

雙方合作曾一度中斷，1967年8月15日路透社與中央社簽約，本社取得路透社在台的獨家發稿權，當年除了一般新聞外，路透社並委託中央社轉發商情、金融新聞等，供應台灣各地的工商界訂戶參考使用。目前雙方合作則以國際新聞、科技新知及運動新聞三大類為主。

自1932年至1934年間，中央社每日發稿3次，油印稿紙也分成幾種顏色，中央社稿件為白色、路透社稿紅色、哈瓦斯社黃色、德國海通社淺藍色，一本稿子五顏六色，頗為壯觀。

1
1951年10月1日，前左2起法國領事奚居赫、吳鐵城、張群、法新社遠東區經理羅幹、中央社董事長曾虛白，以及沈昌煥（後左1）、張道藩（後左3）出席中央社與法新社合作簽約紀念酒會。

2
路透社新聞稿在台獨家發稿權，由中央社取得；社長馬星野（左）與路透社東南亞經理韓箕錫（John J. Hahn）（右）代表雙方簽字。

3
1965年4月1日的中央社合眾國際電新聞稿。

深化多元合作
全球重要新聞不漏接

1938年,中央社與合眾社開啟合作,遠從半個地球以外的合眾社紐約無線電發射台向中央社重慶總社傳送400字的新聞摘要,當時這項服務困難重重,除重慶位於地處偏遠、群山環繞的四川省外,還有戰地他國政府、軍事機構強力無線電發報機的干擾。

當年,合眾社的新聞是以點和線組成的摩斯密碼傳送,美國的發報人以手敲打電報機的字鍵,例如「中央社」譯為0022 1135 4357,而中央社的收報員則頭戴耳機,費力地接聽微弱的訊號。這個方法還是有效的,合眾社成為第一個每天固定向中央社提供新聞報導的國際通訊社。

1949年底中央社總社遷台,1958年合眾社與國際社合併,與中央社仍維持良好的合作關係。中央社也從1973年3月起試行將西歐及亞洲各地分支單位所發的英文專電,委託合眾國際社轉發至台北總社,因成效良好,當年4月起擴及全球各駐外單位;而合眾國際社也將中央社總社發的英文新聞,轉發至世界10個城市。1974年2月合眾國際社東亞區經理狄波來台,以紀念狀致贈中央社,作為兩社合作35週年紀念。

1965年4月1日,中央社41週年慶時開啟與美聯社的正式合作,不過,當時美聯社所發的國際新聞,還是利用無線電廣播傳送到台北新型頁式文字傳真機,變化莫測的自然現象,如狂風暴雨、太陽黑子活動,經常干擾無線電的傳送和接收,像1973年以埃戰爭的戰地新聞、阿拉伯石油國家實施禁運等重要新聞,不是報導殘缺不全,就是無法即時傳送,讓寫稿的記者為之扼腕。

4

中央社和美聯社締約10年後，新聞傳送進入通訊衛星時代，美聯社報導的國際新聞以前所未有的速度、清晰度及可靠性傳送至中央社台北總社的電傳打字機中。國外中心辦公桌後曾有一整排的電傳打字機，曾在國外中心擔任值班編譯的王同禹說，每當重大新聞發生時，提醒鈴聲此起彼落的盛況，至今仍記憶猶新。

本社持續代售美聯社英文版文字新聞，台美兩國媒體也進一步擴大交流合作。2023年3月29日，美國之音代理台長羅培茲等一行人來訪，盼與本社合作進行報導與事實查核、建立包括人員交流的夥伴關係，遂促成本社與美國之音所屬機構美國國際媒體署（USAGM）簽署備忘錄。

因應2000年後的數位匯流時代，中央社陸續與全球各國通訊社展開合作與交流，以不同方式呈現新聞內容，2016年還曾與法新社合作推出「2016里約奧運新聞專區」，獲得客戶肯定與好評。

借鏡法新社
改革創新邁向下個百年

綜觀全球新聞通訊社，就機構屬性與收入來源而言，以法新社與中央社較為接近。二者除了訂戶支付的稿費等收入之外，都有部分預算來自於納稅人；法新社2022年接近新台幣110億元的預算中，約有四分之一由政府以訂費等名義提供，中央社作為依法接受政府補助的財團法人，目前每年接近5.4億元的預算約有一半來自政府。

5

4
國外通訊社新聞傳送為電報及頁式傳真兩種方式並行，圖為1965年電務人員監看抄收的工作情形。

5
1967年4月27日社長馬星野（中）陪同義大利義新社社長賴普禮（右）參訪中央社，由總編輯沈宗琳（左）介紹編輯部。

不過，近20餘年來，隨著網際網路逐漸普及，新聞媒體發行與廣告收入減少而陷入困境，作為新聞上游的通訊社收入也跟著減少。法新社的生存與發展一度受到嚴重威脅，但之後銳意改革，其創新的精神與做法，值得同業參考。

法新社董事會有18席，其中3人由政府指派。包括文化部在內的政府當局對法新社的新聞內容依法不得干預，但執行長若無政府背書，幾乎無法發揮功能。

2022年11月法新社董事會賦予佛里斯（Fabrice Fries）第二個5年任期，自2023年至2028年。佛里斯自2018年擔任法新社執行長，積極推動轉型計畫，特別重視影音與新聞照片服務，並增設「數位認證」路線的編採人員，相關改革讓法新社財務狀況獲得改善。

在佛里斯的帶領下，法新社持續使營收多元化，在佛里斯上任前不久推出的事實查核服務，到2021年已有26個語種。虛假消息頻傳的3年COVID-19疫情期間，這項服務的訂戶大幅成長，為法新社帶來可觀收入。而影音與事實查核業務穩健成長，被認為是法新社2022年營收（逾3.2億歐元，約合新台幣109億元）成長6%的主因。

與時俱進、求新求變是公私部門各單位永續發展的不變法則之一，特別在所有變化都加速進行的21世紀。法新社近年突破困境的發展軌跡顯示，一家基底雄厚的新聞機構若能有好的領導，能因應時勢提出新的願景，縱使媒體營運的環境不佳，仍可能創造亮眼成績。

中央社近幾年在前社長張瑞昌的帶領下成立媒體實驗室，利用日新月異的網路及AI等技術，協助進行老照片人臉辨識以及發稿作業，推出更多獲得新聞同業與讀者好評的專題、以圖表為重的解釋性新聞；前社長陳申青並推動以駐外記者為主力的影音新聞。

2023年7月，前文化部部長李永得出任中央社董事長，原副社長曾嬿卿則成為創社以來第一位女性社長，在全社員工的共同努力以及各界支持與鞭策之下，中央社面對資訊爆炸與國家發展的關鍵時刻，定能克服種種挑戰，開創另一個百年新局。

中央社與法新社新聞合作協定簽約儀式，1997年7月2日由中央社社長施克敏（右）、法新社總裁謬特（M. Jean Miot）（左）共同簽署。

連結國際社會
傳遞台灣價值與故事

1960年年末東京分社全體同仁。前排左4為分社主任李嘉。

　　回顧百年中央社的國際傳播工作，在創社第七年，1930年即由上海電訊處發行英文稿，4年後總社正式設立英文編輯組，後改組為英文編輯部，透過無線電廣播將英文稿發到4個分社，以轉供給當地英文報社。遷台後，1950年代陸續發行英文新聞稿、英文商業新聞稿、英文快報（Express News）、對美國英文新聞廣播（CKP）、英文航訊特稿（Airmail Service），1960年代更增加對歐洲英文新聞廣播（CEP）。中央社利用世界第一大通用語英文，針對不同面向、地區供應內容，達到廣泛傳播的目的。

　　除了英文，中央社特別著力經營西班牙文、日文。西文是全球使用人口第二多的語言，1950年代中央社就與西班牙愛斐通訊社合作，藉由新聞轉發，影響力擴及葡萄牙、北非、中南美洲。鄰國日本動見觀瞻，1936年中央社在東京成立第一個海外分社，1973年透過太平洋通訊社發行日文《台灣新聞公報》，標舉台灣，在日傳播。

中央社以外文對外發聲超過90年，用對方的語言將重要訊息傳送出去，尤其以本國主體性視角切入報導，無形中成為外交上的助力。90多年來，通訊技術與科技多次革新，中央社勇於嘗試與創新，用同樣客觀、翔實的新聞內容，在不同階段以不同形式與全球讀者相見。

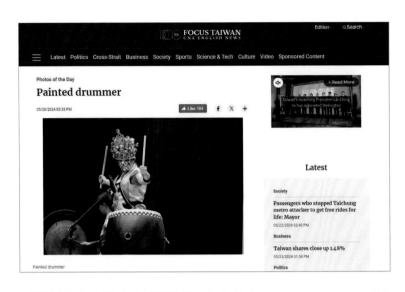

Focus Taiwan所企畫的Photos of the Day，每日以精選照片介紹台灣。

Focus Taiwan
英文網的晉級與轉生

1996年，台灣網際網路還處於發端期，中央社便建置了全球資訊網，同步提供中文、英文、西文新聞。歷經幾次改版，邁向民國100年的新紀元時，英文網進行革新，2010年2月1日以「Focus Taiwan」全新面貌亮相。同時推出手機版頁面，成為全台首創的手機英文新聞。

「相較於過去的CNA English News，Focus Taiwan等於用一個brand name創造了一個新的brand name，對外國人來說比較能夠理解，這就是台灣的新聞。」曾為外文新聞中心第一位記者，現任新聞部總編輯王思捷說明當初設站的意義。

Focus Taiwan將原有的英文新聞，針對英文閱讀人口重新設計，新聞綜覽分成七部分：政治、兩岸、經濟、社會、運動、科學與科技、文化。內容除了編譯自中央社中文新聞稿，也由外文組記者第一手採訪報導，以重大新聞為主，並選擇外國讀者對台灣比較感興趣的內容，聚焦在兩岸、國防、外交幾個層面。曾任外文新聞中心採訪組組長的蔣天清認為：「在台灣當英文記者幸運的地方是，不用成天追逐腥羶色的社會新聞，而可以多朝如何幫助外國讀者瞭解台灣的宏觀角度出發。」

此外，Focus Taiwan每日收錄各報頭條新聞，置於Latest欄位；而Photos of the Day挑選當天有趣、具台灣特色的新聞照片配上簡練說明，利用圖像的力量，讓外籍人士瞭解台灣。

西文網連動
化身外交後勤

同樣在1996年開站的西文網，為國

內最早的即時西文新聞網站，編譯台灣重大新聞，並特別著重與西語系國家互動、交流的訊息。會特別重視西文，一方面因使用人口眾、分布廣，另一方面是應國家政策之需。解嚴後發展台灣主體性外交，加強與拉丁美洲的關係，尤其1990～2007年間，中美洲七國與我皆有邦交，為國家外交重鎮。

以西文專長考進中央社、曾任秘魯特派員的王同禹不諱言：「中央社發展西文新聞，主因是行政院新聞局有對外宣傳需求，當時台灣邦交國大多在拉丁美洲，也希望讓對方覺得受重視。」

1990年代前，西文新聞僅提供給西班牙愛斐社、秘魯安第那通訊社、阿根廷泰蘭通訊社等媒體轉發，或供外交部、新聞局、僑委會、教育部、文建會等公部門及駐外單位使用，1996年後有了網站，中央社始直接服務西文讀者。除了方便駐台外交官隨時瞭解台灣政經情況，我國外館也會選用西文網內容納入其網站，省去不少翻譯的時間與人力。新聞現場，中央社跑在最前線，外交領域，化身後勤角色提供協助。

西文網與英文網架構相仿，將新聞綜覽分為政治、兩岸、經濟、社會、運動、科學與科技、文化、生活。另推出「台灣時間」專題（Tiempo Por Taiwán），與Focus Taiwan英文網連動，將影音內容選譯為西文，用軟性內容介紹台灣。專題選材較不受時間

限制，例如介紹花蓮安通溫泉、阿里山烏龍茶等。有些則特意搭上文化時事，例如《賽德克・巴萊》電影上映時，介紹賽德克族文化；當2012年台灣燈會在鹿港舉辦，「台灣時間」報導燈會盛況之外，也介紹當地傳統小吃與工藝。

西文網有助拉丁美洲邦交國人民快速認識台灣，利於外館向當地各界說明、溝通，因別無分號，也成為全球西語系媒體報導台灣的最主要消息來源。惟2007年後，拉丁美洲邦交國漸次減少，迄今已非友邦最多之區域。因國際情勢、國家政策、人物力等綜合因素，中央社西文新聞網於2021年3月31日中止營運。

日文網另闢蹊徑
企畫選材取勝

與西文網不同，中央社日文網一開始便立足Focus Taiwan，以「フォーカス台湾」（聚焦台灣）為名，2011年7月18日正式啟用。採英文版主視覺與架構，內容則據日文讀者需求調整，新聞綜覽分成七部分：政治、両岸、社会、経済、観光、文化、芸能スポーツ（娛樂體育）。相較英文版，設置了觀光、娛樂項目，足見兩國民眾在旅遊、文化上的緊密關係。

另還有おすすめ（推薦）、コラム（專欄）、旅行会話、今日の一枚（今日照片）等單元，在在都呈現日文網的特色。例如推薦新聞有〈台灣捐款6000萬日圓支援能登半島地震災區　吳外相「祝日本好運！」〉、〈【文章重刊】「日本沒有忘記我們」　台灣前少年工獎章頒發〉，著重台日從古至今的連結。專欄部分有〈【寫真特集】王貞治與台灣　棒球結下的緣分〉、〈5個在台灣生活10年以上的編輯推薦的「想去一次又一次的地方」〉……利用主題企畫，圖文並茂引發日文讀者興趣。

「フォーカス台湾」的編譯選材，除了政經、兩岸等重大新聞外，有意識地選擇較具話題性的軟性新聞。外文新聞

日文編輯高野華惠撰稿的〈「日本沒有忘記我們」　台灣前少年工獎章頒發〉，曾創下10萬瀏覽次數的紀錄。

中心副主任編輯羅友辰說明，因為許多日本媒體本身即有駐台記者，日文讀者大多直接看日媒新聞，而「フォーカス台湾」反倒極受小眾市場關注，像是台灣通、鐵道迷、歷史迷、學術研究者等，是意料之外的「鐵粉」組成，例如〈【文章重刊】「日本沒有忘記我們」　台灣前少年工獎章頒發〉原文單篇流量即超過10萬，可略窺讀者喜好。

2012年起，「フォーカス台湾」新聞內容上架日本入口網站Excite、Yahoo、Livedoor，中央社是唯一台灣媒體，且標誌、連結隨新聞露出，形成對外行銷的一環。其中Yahoo是日本最大入口網站，導流回「フォーカス台湾」的流量頗可觀，COVID-19疫情期間為高峰，「フォーカス台湾」本站流量一年破1000萬，而在日本Yahoo的新聞點閱率一年則可達3、4000萬。

羅友辰分享：「日本Yahoo的News Topics每天會揀選6、7則有話題性的新聞放在首頁，我們也陸續獲選，包括前總統李登輝過世、藝人林志玲與Akira結婚的新聞。中央社的內容和當地的朝日、讀賣等一起競爭，日本編輯還願意選擇我們的新聞，這是很光榮的事情。」

「フォーカス台湾」透過精心選材與編譯，已成台日間最即時的訊息橋梁，2024年起增設日文記者，擴充對日發

聲量能，期盼自製新聞增加的同時，進一步提升中央社的品牌聲量。

多功觸角
Focus Taiwan影、音齊發

作為網路平台，Focus Taiwan隨時準備好更新、優化與升級，開站後即增加英文影音新聞，內容選擇外國社群較有共感的主題，如台灣同志遊行、為外籍移工提供的華語課程等。

又應智慧型手機崛起趨勢，2011年推出「Focus Taiwan」Android及iOS系統App，提供個人化服務，包括：每日新聞推播、語音及影音播放清單、收藏新聞、自訂字體版面。2014年8月，「フォーカス台湾」日文App亦上線，除了尚未建置語音及影音外，其餘功能日文讀者皆能享用。

至2024年6月為止，Focus Taiwan在Google Play得到4.6顆星，在App Store更是得到4.8顆星的高分。許多使用者留下好評，同時有技術層面的回饋，像是自訂字級、文章收藏，都是過去讀者希望新增的項目。每一則留言，對團隊來說是鼓勵也是動力，有助問題修訂，並持續開發大家喜歡的功能。

而App語音新聞，其實源自Focus

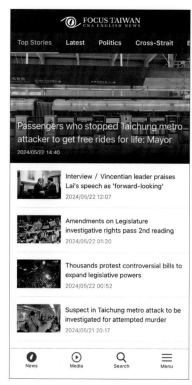

Focus Taiwan、「フォーカス台湾」App首頁。

Taiwan主網站的「聽新聞」。Focus Taiwan於2020年4月推出「聽新聞」，採用語音合成與機器學習技術，將文字轉為語音，帶給讀者自然的新聞收聽體驗，彷彿真人電台主播為聽眾播報新聞。

Focus Taiwan本即台灣讀者學英文的利器，可學習新聞中出現的各種單字，例如coronavirus（冠狀病毒）、stimulus vouchers（振興券）等，方便和外國朋友聊台灣時事、討論重要議題。自從推出「聽新聞」功能後，讀者更可以確認自己的發音有沒有錯誤。只

要點擊Listen按鈕便會自動播放語音，無論通勤或做家事，都能解放眼睛和雙手，輕鬆聽新聞、學英文。

全球媒體的台灣之窗
在地社群的資訊橋梁

Focus Taiwan是少數本土英文新聞網站之一，創站之初，時任外貿協會董事長的王志剛期許，希望能改善台灣常自我邊緣化的現象。經過十餘年經營，新聞部總編輯王思捷觀察，最近6、7年來從美國總統川普開始打「台灣牌」、全球走過新冠疫情後，台灣國際能見度越來越高，台灣新聞的需求量、Focus Taiwan被引用的次數，有明顯增加。

特別是政治、軍事、科技面向，台灣受到最多矚目。從九合一地方選舉到總統大選，Focus Taiwan在投票日提供即時英日文報導，獲CNN、彭博社、Forbes、日本經濟新聞等媒體引用；中共圍台軍演，Focus Taiwan相關報導、圖表也獲歐洲議員和國際組織分享。

另一例是2023年，美國眾議員摩爾頓（Seth Moulton）談到晶片問題時提及「炸毀台積電」的說法，遭中國影片平台抖音曲解，引起熱議。摩爾頓透過Focus Taiwan首度回應，批評中共斷章取義，用虛假訊息破壞台美關係。Focus Taiwan扮演即時向國際社會說明與澄清的橋梁，有助降低區域緊張。

光是2022年，中央社及Focus Taiwan英、日文新聞獲得國際媒體署名引用高達2093則次，包括《紐約時報》、《華盛頓郵報》、《洛杉磯時報》、美聯社、路透社、彭博社、半島電視台、BBC、CNN、ABC、NBC、Forbes、產經新聞、時事通信社等國際重要媒體。因為長期的經營，當全世界「聚焦台灣」，中央社及Focus Taiwan的重要性便突顯而出。

相對於突發事件引起的關注度飆高，Focus Taiwan最固定、核心的讀者群，是在台灣的外國社群，包括歐美人士、駐台外交官，以及東南亞移工，特別是以英文為官方語言的菲律賓群體為大宗。不過，在台移工以來自印尼、越南的人口數量最多，有鑑於此，Focus Taiwan於2024年7月1日新設立印尼文新聞網，下一步計畫為開通越南文新聞網。期盼透過更多的台灣新聞，促進離鄉背井的工作者們「知」的權益，與在地產生更緊密的正向連結。

TaiwanPlus影音平台
小小加號大大夢想

Focus Taiwan擁有向世界傳遞台灣故事的豐富經驗，也進一步促成文化部於2020年委託中央社執行「國際影音

2021年8月30日副總統賴清德（中）、立法院院長游錫堃（左3）、文化部部長李永得（右3）、中央社董事長劉克襄（右）出席TaiwanPlus開播晚會。

串流平台前導計畫」，透過中央社新聞服務專業及國際合作經驗，負責團隊、技術、全球網絡的建置，催生出台灣第一個全英語打造，以影音內容為主的串流平台TaiwanPlus（Taiwan+），呈現台灣的多元聲音與自由價值。

「首先，一個好的名稱是成功的基石。」從辨識度考量，時任社長張瑞昌認為一定要出現「台灣」，最後選定「TaiwanPlus」為平台名稱，用一個簡單加號，替台灣加值。

經一年籌備，2021年8月30日TaiwanPlus正式開播，「這個夢想成真了。」擔任執行長的蔡秋安以電影《夢幻成真》比喻，男主角聽到神祕聲音說：「你蓋好了，他就會來。」（If you build it, he will come.），他就像著魔般剷平玉米田，打造棒球場，果真吸引棒球偶像造訪打球，成為傳奇。蔡秋安說，這讓她想到「一群人像新創公司一般，擠在一個小辦公室拚命打造一個台灣人的夢想之地：TaiwanPlus。一路上憑著堅韌，以及心中那個夢想的形狀，漸漸地我們把那座棒球場蓋出來了。」

內容多樣性
串起台灣與國際

棒球場蓋出來了，就等明星登場。開播後第一年依舊由中央社主責，旗艦台劇《斯卡羅》打頭陣，TaiwanPlus取得海外獨家首播權，開播日起以英文字幕播送。

1

2

購播當紅台劇外，TaiwanPlus影片依性質分為「新聞」與「節目」，新聞類別中，「即時新聞」報導重大國際新聞，或與台灣相關的國際新聞。「What's up Taiwan!」、「This Week in Taiwan」以新聞集錦讓觀眾快速掌握一天或一週新聞。「小專題」多報導人物或網友感興趣的解釋性新聞，如「Saldik Fafana: Taiwan's 1st Airman of African Descent」，介紹台灣第一位非裔空軍軍官──迦納裔的洪澤。深度報導的「長專題」，例如「Fighting COVID: Taiwan's unsung heroes」報導在疫情下默默守護台灣安全的人們。

節目部分，包括自製、委製、自製協拍或購片重製。邀請來賓對談熱門話題的「新聞節目」，直接於攝影棚錄製。

生態、文化類的影片，則以招標委製或自製協拍方式完成。而購片重製的外片來源相當多元，包括故宮、文化總會、地方政府、電視台等。

TaiwanPlus第一年計畫於2022年6月9日屆期，後續由公共電視接手，除了線上平台之外新增電視頻道，擴大服務更多觀眾。在中央社領軍的2021～2022年間，TaiwanPlus已製作30檔節目，橫跨新聞、自然、科技、美食、歷史人文等，旗下社群累積42萬粉絲，新聞內容也獲美、英、澳、韓等各國重要媒體引用。

中央社階段性任務完成，如同開台時的期許，球場既已俱足，TaiwanPlus必得不停升級，持續讓台灣的故事登板、投出好球，寫下更多傳奇。

1
TaiwanPlus平台上，中央社主導製播的影片。

2
2022年與Discovery合作的「TaiwanPlus鉅獻」系列節目。

站在歷史現場
一手新聞24小時不間斷

「真正的記者，永遠在戰場的第一線。而中央社的記者，永遠在第一線中的第一線。」這是中央社百年報人精神的傳承與期許。不同時代、不同世代的中央社記者，以文字、照片以及影像採訪今天的第一手新聞，記錄明天的重大歷史，也透過信鴿、無線電、電碼、電報、衛星電話、網路等不同傳遞工具，捍衛著民眾知的權利。

不畏烽火
新聞人的熱血在前線悸動

「2010年5月19日，政府軍再度準備驅離，突然間槍聲大作，我立刻趴了下來，擔心黑衣人或狙擊手會不會不分青白紅往我們頭頂上的帳篷亂槍掃射或發射槍榴彈，一面想哭，一面卻想著這一刻一定要記錄下來，於是

1939年5月4日，中央社總社遭轟炸。

我拿起小型攝影機,在無法抬頭的狀況下,讓影像記錄這個炸彈槍響的時刻,而心中默默計算槍榴彈發射的次數,5次還是7次?」中央社影音中心副主任林憬屏回想當年駐泰,採訪泰國紅衫軍暴動的那段時光,新聞人與生俱來的熱血仍然悸動跳躍。

這種不畏於烽火第一線採訪的精神,深植於中央社人血液中,回顧中央社百年歷史,北伐、抗日戰爭、國共內戰、第二次世界大戰、韓戰、越戰等,都有中央社記者親赴戰場採訪的身影。

信鴿傳訊祕密電台發稿
淬鍊中茁壯

時間回推到1937年7月7日午夜,盧溝橋事件爆發;7月8日中央社發出簡短新聞後,社長蕭同茲火速成立隨軍電台,每組由一名戰地特派員搭配1至3名電務人員,史無前例攜帶小型無線電收發報機,隨軍採訪,務求迅速把戰事報導傳至中央社總社,再廣播全國。

中央社北平、天津及上海等分社在國軍撤退後,轉進地下,成立祕密電台,以打游擊戰方式報導戰況。同年8月13日淞滬會戰爆發,成為中日全面開戰的首場重要戰役,上海分社隨軍記者陳萬里等人,採訪撰寫的軍情報導、戰況分析,能在當天即時傳遞到中國各地,靠的是社內同仁黃任材事先訓練的多隻信鴿,每日數次往來於戰地和分社之間,在槍林彈雨中完成任務,報導內容為當時中國境內各地報紙採用。

9月25日,94架日軍轟炸機在空中現蹤,震耳欲聾的警報聲伴隨著轟隆巨響聲,中央社南京總社兩層樓建物頓時被炸毀,記者彭河清與幾名職工因躲在一樓長桌下,保住性命,電務部同仁火速把發報器材搬至中山東路上的馥記大樓,繼續收發稿。11月12日上海淪陷後,分社同仁租用旅館,一間寫稿、核稿與譯電,一間以4個人打麻將聲音作掩護。這段期間,王姓譯電員被捕遭拘、報務員周維善被捕時因堅不透露其他同仁訊息而遇害。

1938年5月中央社攝影部於漢口成立,開始對各報及駐華外籍記者供應照片,並航寄供應歐美各國媒體使用,讓

1

浴血戰況得以披露於世人面前。隔年戰火綿延，5月，遷至重慶的總社遭日軍轟炸，造成死傷，倖存的同仁躲在防空洞裡，仍照常運作業務。

1940年4月，日軍轟炸上饒第三戰區長官部，上饒隨軍組房屋被炸倒塌，報務員劉柏生奮身搶救報務機，被彈片擊中搶救不治身亡。1940年5月，胡謹期從湖南入四川工作，抵達巴東時，忽遇警報，為搶救船上公物，不幸失足落水身亡。

1942年5月，上海分社祕密電台曝光，分社社長馮有真率同仁轉進安徽屯溪，繼續報導戰事新聞。8月，已祕密工作長達5年的天津分社，因電台被抄獲沒收停止。1945年8月，日軍投降，但國共內戰再起，中央社隨軍記者袁閣由桂東經水路赴長沙，途經湘潭時，正在船頭寫通訊稿的他，遭共軍射擊身亡。

抗日戰爭期間，中央社至少派出30個隨軍組，穿梭於戰地硝煙，報導至最後關頭，再隨國軍撤退。且珍貴的新聞電訊廣播在8年抗日戰爭期間無一日中斷，靠的是同仁冒死工作，以及以生命捍衛電訊器材。

隨軍深入太平洋戰區
與死神正面對決

不只國內戰場，在第二次世界大戰的

太平洋戰區，都有中央社記者的身影。1942年，日軍攻陷緬甸，雙方爆發滇緬會戰，中央社記者李緘三隨國軍入緬，報導國軍幾十天遭遇飢餓、霍亂、瘧疾，仍扛著步槍穿越野人山的經過。在滇緬隨軍採訪的還有馮國楨、彭河清、黃印文、曾恩波等記者，其中曾恩波曾在緬甸叢林隨軍採訪14個月，與蚊蟲、水蛭、扁蟲及到處狙擊的日本兵對峙。

中央社戰地特派員宋德和則隨軍採訪新幾內亞、塞班島、硫磺島等戰役。1945年2月，他跟著美軍登陸硫磺島，與死神正面對決，這一役美軍陣亡逾6千人，日軍陣亡逾2萬人。曾恩波也多次隨軍採訪太平洋戰爭，報導最慘烈戰役實況，並登上美軍約克城號航空母艦報導。

1
記者羅寄梅1942年7月26日所拍攝的中央社信鴿。

2
1948年11月19日，記者張繼高以鏡頭記錄南京總社門前，民眾爭看中央社發布的徐蚌會戰號外。

總社遷台
依舊無役不與

1950年6月25日，韓戰爆發，許多外國使節及駐外人員想盡辦法撤退至日本，中央社東京特派員李嘉卻帶著手提打字機，搭上美國軍機，飛往漢城（今首爾），幾經波折，展開在轟炸與砲火中前進的3年戰地記者生涯。他曾為了搶新聞，差點送命，有次隨美軍先遣部隊深入北韓，到達鴨綠江邊，目睹好幾位同去採訪的新聞同業中彈身亡；也在板門店見證休戰協定的簽署，再搭直升機採訪第一批反共義士。這場戰事，在戰場上送命或墜機身亡的戰地記者共有23人。

1955～1975年的越戰，中央社記者張哲雄、劉崇澤、黃慶豐都曾赴前線採訪，多次與死神擦肩。1968年6月，越共對西貢市區發射12發火箭砲及迫擊砲，黃慶豐住處牆壁震裂，他和新聘的辦事員邢益萍翻滾至牆下後，邢益萍即抓起相機往外衝，奔向砲彈發射處採訪。

1970年，高棉發生政變，美越聯軍進入高棉邊境掃蕩，劉崇澤和其他外國記者冒險分乘越軍直升機巡視採訪，成為地面共軍目標，有一名法國記者因此墜機身亡。

中央社1949年遷台後，依舊堅守新聞使命，歷經台灣退出聯合國、與美國斷交、開展十大建設、創下經濟奇蹟、政黨輪替、民主深化等歷程，中央社記者始終站在新聞事件最前線，以一篇篇現場報導，善盡新聞傳播使命，為歷史留下見證。

至今，中央社約有30個海外據點，為國內媒體之首。最危險的地方，依舊有中央社記者的身影。2003年，美伊波斯灣戰爭期間，駐華府記者陳正杰獲邀登上小鷹號航空母艦採訪，3月20日領先全球發出美軍艦艇對伊拉克發射第一枚巡弋飛彈的新聞報導。駐土耳其記者郭傳信也在波灣戰爭期間，突破重重困難，成為極少數進入巴格達戰地採訪的華文媒體記者。

3

浩劫過後衝突之前
隨時待命、出發

不僅戰場，在重大災難的現場，中央社記者一樣勇往直前，為媒體提供24小時不間斷的新聞。

2004年12月26日，南亞發生芮氏規模9.3地震，震後引發高達幾十公尺的大海嘯，釀成10餘國受災、22萬人喪生。中央社駐新加坡記者康世人排除萬難，災後入印尼重災區亞齊採訪，直擊浩劫餘生景象。同時，中央社駐台北縣記者黃旭昇也以志工身分，隨台灣路竹會醫療團前進斯里蘭卡，在克服通訊困

難下，記錄並報導災民家毀人亡、妻離子散的慘況，與災後孤兒的生活。

2008年5月12日，中國四川省汶川縣發生芮氏規模8地震，造成至少7萬人死亡，數十萬人受傷，數百萬人無家可歸。中央社駐香港記者張謙隔天赴重慶，再轉成都，並包車前往北川，最終冒著在荒山野地過夜的危險，徒步而行，深入汶川最南端映秀鎮的禁區採訪，以文字及照片記錄災後的滿目瘡痍，與救援人員從瓦礫堆中挖出一具具屍體的哀痛。其中一名少女手中還握著一枝筆，還原了當時地震來得迅雷不及掩耳的真實一刻。

2009年7月5日，中國新疆發生流血暴動，中央社駐北京記者張銘坤依靠新聞鼻靈敏嗅覺，隔日從北京火速趕赴3000公里之外的烏魯木齊，沒想到抵達後維漢衝突升級，維吾爾族年輕人手

3
2005年1月2日，黃旭昇採訪南亞海嘯災情，斯里蘭卡卡魯萬奇災區斷橋對岸死亡7000人，居民望著滾滾潮水無語問蒼天。

4
張謙在2014年9月28日晚間，拍攝到香港警方施放催淚彈，鎮壓占據干諾道中數以萬計的「占中」民眾。

持木棍、鋤頭柄，鎮暴武警強力鎮壓。張銘坤成為唯一抵達現場的台灣媒體，得以深刻報導血染天山腳的烏魯木齊暴動始末。

2014年9月，香港爆發占中運動，數十萬民眾上街頭抗議，與警方衝突一觸即發。中央社駐香港記者張謙長達一個多月都身著簡易防爆面罩與裝備，經過多天在天橋上待命，9月28日，不辱使命於第一時間採訪、拍攝到警方發射煙霧彈及水柱的大規模驅離行動。

2019年3月，港人為反對「逃犯條例修訂草案」，開始了「反送中」抗爭。

當時總社派出7人次的攝影記者，見證這場香港有史以來最大規模的社會運動，是國內外派員至當地最多的媒體。其中吳家昇於8月8日、30日與11月13日，三度前往香港採訪一週，分別遇上百萬人占領機場、港版敦克爾克大撤退，以及香港理工大學圍城事件。過程中歷經大遊行現場催淚彈、汽油彈齊飛，混亂中有記者被磚頭砸到，他也被汽油彈掃中，幸好尚未點燃，過程驚險萬分。

他至今始終難忘，維多利亞公園遊行後，港警竟假裝示威者，用束帶暴力抓人。「那一整天都很和平，遊行到末端，民眾坐下休息，媒體也在旁邊發稿，我忽然聽見大吼大叫的聲音，轉頭看見穿軍靴、裝備齊全的便衣警察，打掉示威者門牙，直接用膝蓋跪壓他的後頸。」吳家昇說。

颱風地震走山
按下快門的第一現場

2009年8月莫拉克颱風襲台，7日開始強風驟雨，中央社駐台東記者盧太城隔日一大早立即趕到台東縣金峰鄉嘉蘭村，當時太麻里溪水已暴漲，上百甲農田變成一座「水庫」；下午南迴鐵路成為一片汪洋大海，且有500公尺的鐵軌已流到了太平洋，情況危急。

盧太城代村民向時任內政部部長廖了以求救，終於盼來內政部直升機緊貼洪水救出24名受困民眾。9日清晨，他不畏風雨，直奔富岡港、知本溫泉、嘉蘭村等地，追蹤後續救援情況，不僅捕捉到金帥飯店倒塌的連續畫面，受《蘋果日報》採用，以跨頁大圖編排「金帥飯店倒塌專刊」外，包括南迴鐵公路路基流失、直升機救

5

6

援的照片，也登上台灣多家大型平面媒體的頭版，讓同業見識到中央社地方記者以一抵百的專業能力。

無論是1999年9月21日台灣中部芮氏規模7.3地震（九二一大地震）、2009年8月8日莫拉克風災、2010年4月25日北二高七堵路段發生嚴重走山、2016年2月6日凌晨的美濃地震、2018年2月6日花蓮深夜發生6級強震、2024年4月3日的花蓮大地震等，不管多危險，中央社記者永遠在災難新聞的第一現場。

數位中心攝影組組長孫仲達回憶，2018年2月6日花蓮強震發生在午夜前的11時50分，當時到花蓮的所有交通中斷，攝影記者兵分兩路繞道趕赴現場，並出動空拍機拍攝災區。事後成功大學還向中央社請求授權，將影片製成3D模型，用於防災相關研究。

筆和鏡頭
記錄台灣民主自由之路

台灣民主和自由化工程啟動至今超過30年，中央社記者不忘初心，以筆和鏡頭忠實記錄台灣如何一步一腳印踏上民主自由之路。

1970年代，民眾對於黨國體制和萬年國會的不滿逐漸升溫，1979年底美麗島雜誌社在高雄主辦的世界人權紀念日活動，訴求政府解除戒嚴、取消黨禁及報禁，混亂中有記者被追打，逃進店家及大樓內躲避。之後張俊宏、黃信介、陳菊、姚嘉文、施明德、呂秀蓮、林弘宣等人被捕，並受軍法審判。中央社南部分社及總社攝影記者劉偉勳、馮國鏘的照片中呈現當年軍警環繞，令人窒息的肅殺氣氛。

7

5
2019年8月11日，吳家昇以鏡頭見證香港「反送中」民眾與警方衝突，港警以突擊方式逮捕示威者，將其壓制在地。

6
2009年8月9日，盧太城捕捉到台東知本金帥飯店倒塌瞬間。

7
1979年12月13日，南部分社同仁拍攝到黨外民主人士姚嘉文（舉火把者）與施明德站在指揮車上，率眾返回《美麗島》高雄服務處的歷史一刻。

1986年民主進步黨成立，1987年7月14日，時任總統蔣經國宣告解除《戒嚴令》；隔年1月13日，蔣經國過世，戰後禁錮台灣多年的威權體制開始崩解，政權首度交付到台灣人的手中。中央社攝影記者馮國鏘獨家鏡頭留下時任副總統的李登輝，在總統府大禮堂宣誓繼任第七任中華民國總統的歷史畫面。

之後台灣經濟穩定成長，成為政治體制改革強力後盾。除了國會全面改選，1990年3月由台大學生發起的野百合學運要求解散萬年國會，是國民政府遷台以來，最大的一場學生運動，中央社攝影記者郭日曉、熊力學、方沛清接力拍攝靜坐抗議學生的熱血身影。

1991年年底，國民大會全面改選，萬年國會走入歷史，隔年5月15日，立法院通過修正「刑法」第100條，人民的言論自由受到保障。曾因叛亂罪遭判刑的黃華、許信良、李應元等人，從此卸下身上的「叛國」枷鎖。

李登輝總統在1995年6月9日以私人名義回到母校康乃爾大學，以「民之所欲，長在我心」為主題發表演說，並首次提出「中華民國在台灣」的國家定位，他是中華民國歷史上，第一位訪美的現任元首。當時中央社駐紐約記者黃瑞南、記者郭日曉即時傳回第一手觀察報導，總社編譯同仁也合力譯發國外媒體報導。

黃瑞南在特稿中描述，「下午一時

許，由就讀耶魯大學的林佳龍幕後整合的保衛台灣主權聯盟，係由台灣同鄉會、台獨建國聯盟、台灣學生社等12個海外台灣人社團組成，有100多名盟員揮舞著台獨標語，在亞伯丁體育館前擺出支持李總統的陣式。他們諸多斗大的黑字標語中，有一橫額寫著：『阿輝仔，勇敢說出你心裡的話！』」

1996年3月23日，一千多萬台灣人參與投票，選出首任民選正副總統李登輝、連戰。2000年，台灣史上第一次透過選舉實現政黨輪替，由民進黨陳水扁、呂秀蓮當選總統、副總統，國民黨首次失去執政權。2008年第二次政黨輪替，由國民黨正副總統候選人馬英

8

九、蕭萬長勝選。

2014年3月18日晚間，一群以學生、公民團體為主的民眾衝入立法院，占領議場並封鎖大門，展開長達24天的抗爭行動。「太陽花學運」是台灣最高立法機關首度遭民眾闖入，也是台灣從1980年代以來最大規模的「公民不服從」社會運動。

這場從2014年3月18日到4月10日的社會運動對台灣政壇影響深遠，促使原本對政治冷漠的年輕人關心公眾事務、積極參政，當時中央社記者不僅24小時輪班守候，攝影記者更常常奮不顧身捕捉鏡頭。

2016年民進黨正副總統候選人蔡英文、陳建仁勝選，是第三次政黨輪替，這場大選除了誕生首位台灣女性總統，也是民進黨在立法院首度獲得過半席次，實現了民進黨第一次的完全執政。2024年總統大選，由民進黨推薦的總統候選人賴清德、副總統候選人蕭美琴當選台灣第16任正副總統，展開民進黨連續執政的第三任期。

百年來，中央社記者始終站在歷史現場，目睹災難下的生命脆弱，與人們守望互助、團結奮起，見證反抗精神及民主理想並行，更無畏現今網路假訊息散播恐懼的傳染力。面對新聞的日日新，記者似如薛西佛斯推石，永遠都跑在追尋真相的路上。

8
反服貿學生及團體占據立法院期間，2014年3月30日號召民眾穿黑衣上凱道。畫面由記者郭日曉、徐肇昌拍攝。

9
第14任總統副總統宣誓就職典禮2016年5月20日在總統府舉行。蔡英文高舉右手宣誓後，成為中華民國首位女總統。畫面由記者鄭傑文拍攝。

數位匯流建構多元平台
日新又新

在百年歷史中，中央社日復一日、不間斷地提供正確、翔實的國內外新聞給媒體客戶，同時也跟著時代持續求新求變，1983年率先推動電腦化，對台灣各報社、廣播電台、電視台以中文電腦發稿。1991年，中央社自行開發、架設的發稿系統上線，新聞編採作業全面電腦化，記者開始使用筆記型電腦隨採隨發，此後，中央社的新聞在彈指之間就能無遠弗屆，傳遍世界。

與時俱進
行動加值一手掌握

1997年台灣開放行動通信業務，行動電話用戶數爆炸性成長，2003年來到2580萬戶高峰，中央社運用即時新聞資訊與新聞編發專業，陸續開發焦點新聞簡訊、語音產品及行動資訊加值產品，提供給各大電信業者，是國內最早投入網路、行動資訊服務的媒體。

全盛時期，包括中華電信、台灣大哥大、遠傳、大眾電信等市場上主要業者都是中央社客戶，行動資訊服務配置近20名編輯輪班工作，加上2名程式開發工程師，專門為行動上網用戶開發新產品。參與這項業務多年的編輯劉政權說：「當年各大電信業者的窗口有什麼新想法，就會來問中央社能不能開發。」

從新聞性的CNA速報、目擊現場、CNA英文新聞、CNA財訊、運動快報，再到天氣、笑話、星座、鬼故事、電影時刻看板、彩券開獎結果等生活類資訊，內容包羅萬象，為中央社締造了高額的自籌營收。

中央社同仁電腦作業情況。以中文電腦傳遞新聞當時是國內首創。

當年打開行動資訊組存放測試機的抽屜，一字排開的全是主流手機機種，從摩托羅拉（Motorola）、易利信（Ericsson）、諾基亞（Nokia）、PHS，到3G的黑莓機（BlackBerry），一應俱全，見證了中央社從提供新聞給中下游媒體，進展到直接接觸讀者，為中央社、電信業者與行動電話用戶創造三贏，也累積了行動資訊產品的開發能量。

「2000年前後，大家都想著要發展網站，覺得到處都有機會！」時任中央社推廣室主任曹立明回憶，不只有蕃薯藤、奇摩這些新創的入口網站，報紙、電視台等傳統媒體或是地方型小報都在發展網站，但網站必須有內容，中央社是當年最大的內容供應者，不僅24小時發稿，優質的數位編輯人力也曾承接入口網站和新聞網站代編，擴大服務觸角。

以前中央社只服務媒體客戶，一般讀者或企業對中央社非常陌生，後來因為網站需求都跑來向中央社訂新聞，曹立明表示，「所以我們在網路發展初期，確實獲得過一些好處。」

三年轉型計畫
多項數位產品齊發

網路與行動通訊裝置雖然提供中央社直接向讀者行銷的機會，但每當討論到中央社自家的新聞網群該如何發展，B2B與B2C之間如何取捨？「訂戶優先」始終是放不下的承諾與責任。

「因為我們有媒體訂戶」曹立明表示，網路世界講求資訊互通互享，但中央社要維護訂戶權益。這導致中央社在網路發展初期，沒有大刀闊斧、全力推進。這種情形，到2008年7月後開始有了轉變。前社長陳申青上任後銳意改革，在網路戰場重整旗鼓，調兵遣將。首先選任第一位中央社網站總編輯，時任編譯工作的王思捷因其創新思維雀屏中選；並將中央社新聞網改頭換面，上架大部分的社稿，而且全文上網。但為了維護訂戶權益，「供稿給訂戶還是優先，與中央社網站上線的時間有拉一個時間差。」王思捷表示。

回想起這段發動變革轉型的經驗，陳申青表示，當時先是中時報系停訂中央社社稿，顯示對中央社的依賴度降低；第二是2008年全球發生金融海嘯，可能影響中央社收入，「但工會幹部跟我表達希望不要減薪」；第三就是報紙、電視等傳統媒體的讀者觀眾數都在下降，「甚至有些報紙就停刊不見了」。

加上入口網站提供的數據顯示，單是一個上午的新聞點閱量，就已經是《蘋果日報》每日約40萬份發行量的24倍以上，陳申青決定「要想辦法做一些改變！」

陳申青擬定3年轉型計畫急起直追，從內部溝通調整體質、設定品牌定位的準備期，到招考熟悉網路生態與新科技應用的新世代編輯，時機成熟後推出多項數位化產品，打造為不同使用者與各種行動載具適用的新聞平台，2010年陸續推出中、英文版「一手新聞」行動版網頁、全新Focus Taiwan英文新聞網站以及全球視野影音頻道。

2011年中央社一拍不漏地完成了App產品群的開發建置，4月，一手新聞Android App推出；7月，一手新聞的iPhone、iPad App，以及Focus Taiwan的iPhone、Android App推出，「フォーカス台湾」日文新聞網同步上線，全面提升台灣能見度。當時臨危受命領軍的數位中心（今資訊中心）主任許雅靜回憶，「數位轉型頭幾年，幾乎每隔一兩個月就會推出新平台、新服務，IT團隊承受很大壓力，每天就像陀螺一樣轉個不停，不斷與時間賽跑。」

在這一波轉型打下的基礎上，為服務外文讀者，2014年推出Focus Taiwan與「フォーカス台湾」英、日文行動版網頁，與日文iPhone、Android App。Apple Watch發布不到一年內，中央社即在2015年推出一手新聞Apple Watch App，擴大新聞產品群。而這些數位服務是黃姿華、張惠琪、謝弘柏等工程師和美編團隊殫精竭慮的成果。

1

掌控數位命脈
自行開發CNews作業系統

同時，攸關中央社每天發稿的新一代CNews新聞多媒體作業系統，也在群策群力下完成開發。它是中央社的核心系統，兼具一稿多發功能，從記者採訪寫稿傳回總社，到編輯台核稿、傳送給新聞媒體訂戶，發布到中央社網站，再到新聞資料庫，全都透過這套系統處理。

為掌握程式開發的主導性，並考量日後需求調整的彈性，新一代CNews由中央社自行開發。資訊中心副主任李瑋埼表示，由於CNews系統牽涉的主系統、子系統有9個，同時間社內又有多項平台正在開發，便將CNews的開發任務分拆交由不同的工程師負責，最後

再整合。從開發前期的需求訪談、外部請益，再到程式開發與上線，費時約一年半，2011年6月CNews正式上線，寫下新頁。

全球視野影音新聞
發揮特派員在地優勢

中央社看見影音新聞的前瞻性，早於1993年、2003年短暫跨足影音新聞，為因應網路影音視訊服務（Over the Top）時代來臨，2009年中央社以擁有最多海外特派員優勢，先在YouTube網站上播映由特派員拍攝重大事件或具台灣特色的影音，打響了中央社影音新聞的知名度。2010年4月1日社慶，「全球視野」影音新聞正式開播。

這些獨家影音新聞包括2009年香港東亞運跆拳道72公斤級決賽，時任行政院政務委員曾志朗以英語高聲為中華隊選手曾敬翔向主審抗議的現場畫面；2010年，出身屏東的台灣麵包師傅吳寶春到巴黎參加麵包大師大賽（Masters de la Boulangerie），獲得麵包組首獎，大會演奏起我國國旗歌的感人實況也在特派羅苑韶的記錄下，與國人共享榮耀。

練兵一段時間後，中央社國外新聞中心和影音中心合作，動員派駐德國、英國、比利時、法國的資深記者，分頭採訪歐盟國家在歐債衝擊下的各種現象與發展，經影音中心團隊後製，以「歐債風雲」於2012年11月獲得卓越新聞電視類國際新聞報導獎。隔年駐新德里記者何宏儒以女性議題「達米妮之死」再獲卓越新聞獎肯定。

為了讓記者、特派員在國際現場能拍出優質影音新聞，中央社特別為全社記者、編輯安排影音新聞拍攝與製作課程，對特派員一對一地進行基本拍攝方法與各種進階技巧教學，並由工程師張惠琪完成開發影音進稿與編審系統。從外勤記者到內部組織，中央社從傳統以文字、平面攝影為主，轉骨成為數位時代下朝採訪撰稿、平面攝影、數位圖表、動態影音等全方位發展的專業新聞媒體。

1
中央社開發的「一手新聞」Android App在2011年4月1日上架，免費提供最新、最翔實的新聞資訊。

2
中華隊跆拳道選手曾敬翔2009年12月7日在香港東亞運男子72公斤級決賽，遭南韓選手宋智勳出拳打到喉部倒地送醫後，政務委員曾志朗（前中）與代表團，在會場高喊抗議。

數位匯流
數據說話擴展影響力

借助行動科技與網路，中央社得以直接接觸讀者，2009年中央社主網站推出「每週好書讀」專欄，禮聘文壇名家每週撰寫書評，也產出名家部落格、達人帶路等自製內容，不過網站流量及排名卻進步很慢。而在來勢洶洶的網站巨頭公司襲擊下，很多通訊社或媒體都面臨生存之戰，當時中央社主網站流量一天大概不到9萬頁、造訪人次不到3萬。

2011年7月1日黃淑芳接任數位中心（今資訊中心）副主任，她回憶當年alexa.com的台灣區網站排名，中央社大概是400多名。在陳申青、張瑞昌等社長的全力支持下，主網站開始有了不一樣的創新，至今已是公廣媒體中跑在最前面也是成效最好的新聞網站。

黃淑芳認為，其中的關鍵是將網站的規畫模式改為由下而上，讓年輕人主導。時任網路組組長宋育泰導入Google Analytics流量分析後，識別出中央社的讀者群圖像，以數據為基礎，加入SEO研究、社群經營等，中央社在不投廣告、不買粉絲的前提下穩健經營，至2024年4月，Facebook「中央社新聞粉絲團」已有超過46萬名追蹤者。

而從GA流量分析中，數位中心也發現複雜的國際新聞點閱數較低，苦思如何將中央社的優勢發揚光大。2014年2月至3月間俄羅斯入侵烏克蘭，占領並逕自宣布吞併克里米亞半島，黃淑芳記憶猶新地說，年輕的網站編輯在假日主動發起要做解釋性的報導，當班、沒當班的同事透過雲端文件共編，集眾人之力在一天內用簡單的PPT完成「烏克蘭風雲懶人包」，沒想到一炮而紅，「讓很多批踢踢（PTT）上的讀者發現中央社的存在，也因為瞬間大量流量湧入，網站掛了」。

「烏克蘭懶人包不但流量很好，還得到很多讀者的讚賞，時任總統馬英九也曾公開稱讚。同事們得到回饋及鼓勵，越來越敢去嘗試和挑戰不同的格式、題材。」

後續如敘利亞難民悲歌與國際角力的懶人包、以東南亞多國語文和英語製作的防堵非洲豬瘟宣傳圖卡、COVID-19防疫資訊、2021年台鐵太魯閣號列車事故資訊圖表等都陸續獲得好評；其中疫情案例關聯圖還曾被中央流行疫情指揮中心在每日記者會「致敬」使用。中央社迅速以圖像化方式清楚呈現事件脈絡，不僅吸引到社群關注，也有傳統紙媒新聞部表示讚賞。

2022年5月1日終止數據更新的alexa.com流量排名中，中央社主網站最佳

排名曾躍升台灣區所有網站的第17名，全球排名750。黃淑芳說，「流量確實一直在成長，且很多意見領袖會用我們的內容去延伸，做他自己的說明或是解釋，也顯示中央社新聞的影響力不斷在擴展。」

2018年，為台灣藝文影劇、信仰風俗、史蹟建物、時尚風潮等文化樣態而生的「文化+」在主網站創刊，以新穎視野及廣泛面向報導，受到文化界關注及肯定；在傳統紙媒副刊版面逐漸縮減的情況下，時任社長張瑞昌說：「『文化+雙週報』或可揭示出數位媒體發展新副刊的願景。」之後也整理其中的精彩報導彙編，陸續出版《做伙走台步：疼入心肝的24堂台語課》、《做戲的人：新台劇 在路上》、《記者在現場》等書籍。

成立媒體實驗室
應對數位脈動查核假新聞

在文化之外，中央社持續開發創新科技在媒體產業的應用，同年成立媒體實驗室，以快速應對數位趨勢脈動，嘗試各種具有實驗性質的創新科技，如2018年推出「請回答1978：重返美台斷交那一夜，測測你會是什麼人？」互動遊戲、2019年與資策會合作開發人臉辨識AI程式、2022年的九合一縣市選舉即時開票、「運動防疫・親水療癒：圖解SUP立槳」、2023年的「走進3D場景 體驗全台『公園革命』」等等，其中2023年的「六都選民看這裡！除了造橋鋪路，你家議員還推動哪些提案？」也入圍第22屆卓越新聞獎新聞敘事創新獎。

3
中央社「文化＋雙週報」獲選Taiwan Design Best 100，2019年12月13日頒獎，社長張瑞昌（右起）、記者鄭景雯、新聞部副總編輯王思捷出席。

4
電子書《島嶼文化事・藝文領航人》2023年10月出版，彙集當年度「文化＋雙週報」精采圖文報導，關注在地文化多元面向。

3

4

5

6

因各種極端天氣帶來史無前例的嚴重災情,為讓民眾提早預防,資訊中心在2019年1月利用氣象署的氣象資料開發平台,開發的地震新聞自動進稿機器人上線。2023年9月,再開發豪雨新聞自動進稿機器人,加快地震、豪雨發稿的速度。

同時因生成式AI大爆發,2023年媒體實驗室開發AI內容產製工具「ChatGPT幫你SRT」供編採人員利用,輸入影音、音檔即能轉化為字幕使用的SRT檔案。而辨別資訊真偽、可信度,已成為當代閱聽人及媒體最大挑戰,中央社主網站也在2023年10月推出「媒體識讀」新聞分類,集結事實查核與媒體素養相關新聞,期待以媒體角色為提供正確資訊盡一分心力。

為網路世界守住一方淨土

如今,運用科技與創新思考,對中央社已不再是新議題,對新科技帶來的B2B、B2C路線之爭,以及網路點閱率也有了新的思考方向。

王思捷指出,網友在其他新聞或入口網站看到中央社的新聞,「這些點閱率又要怎麼計算與衡量?」在關心新聞點閱率與網站排行榜的同時,更重要的也許是借助新科技「堅持做好新聞媒體該做的事」,在假訊息充斥的年代,為網路世界守住一方淨土,讓更多人藉此認識新聞專業根基深厚的中央社,與中央社堅守的價值。

5
中央社出版的《做伙走台步:疼入心肝的24堂台語課》,2019年10月28日在松菸誠品舉辦新書座談會,主持人、中央社社長張瑞昌(右起)與董事長劉克襄、演員吳朋奉、陳竹昇及小學台語文老師許沛琳在座談尾聲同唱台語歌。

6
中央社2022年9月出版的《記者在現場》。

人才為本
永續傳承新聞志業

中央社是媒體中的媒體，也是培育人才的搖籃，在各行各業開枝散葉，政治界如美國華裔共和黨籍政治人物陳香梅、前民進黨主席許信良、前監察委員黃肇珩、前總統府發言人丁遠超等，有些被網羅到駐外單位為國服務，如前駐義大利代表洪健昭、前駐匈牙利代表冷若水、前駐荷蘭代表施克敏等，不勝枚舉。

學界如前台北分社主任葉明勳曾與老報人成舍我創立世新專科學校（今世新大學），並擔任董事長多年，之後有些專業表現傑出的記者，也到各大學任教，更不用說媒體相關企業挖角中央社記者擔負重任，可見中央社滋養茁壯的人才受到各界肯定。

回顧創社之初，在1932年5月到1937年7月間，雖處於大環境變動的年代，總社仍逐步建立採訪網、電訊網、英文通訊網，讓中央社的電報稿可以快速傳達到每一個角落，樹立起新聞專業的金字招牌，其中人才是最大關鍵。

重金網羅好手
打造金字招牌

中央社網羅人才的故事很多，其一為創立中央社英文部的任玲遜，他原本是英文《北京導報》的編輯，1933年8月間首任社長蕭同茲經友人介紹認識任玲遜，他向任玲遜說明，為打破外國通訊社對國內外文報新聞市場的壟斷，中央社應撰發英文稿，希望任玲遜為中央社籌組英文部，並給了比社長還高的薪水。

當時只有26歲的任玲遜大受感動，同

1965年陳香梅（左）返中央社與當時社內女記者黃肇珩（左2）等人合影。

意為中央社謀畫，先在天津發行英文新聞稿，待站穩腳步後，1934年9月11日總社英文編輯組正式成立，在南京向各地發稿，至1936年改稱英文編輯部，之後為社、為國培育更多外文人才。

其二為中央社第一任總編輯陳博生，1936年出任中央社東京特派員之前，已在中國新聞界享有盛名，他主持的《北平晨報》政治觀點與國民黨並不一致，但蕭同茲基於當時中日關係緊張，戰事一觸即發，中央社亟需有記者在日本採訪有關新聞，因此「三請諸葛」，將陳博生挖角至中央社，並成立中央社第一個海外分社——東京分社，聘陳博生為主任特派員；之後也證明，陳博生撰寫的深度報導篇篇精彩，獲得各界重視。

中央社頂尖的採訪記者們奮勇與時間和空間競賽跑出好新聞外，更致力提攜後進。第五任社長林徵祁一路從助理編輯、編輯、編譯、駐外特派員、副社長到率領全社前進的舵手，是第一個自基層工作人員升至社長一職的人。1946年8月10日林徵祁開始在編輯部值大夜班，當時的副主任是之後擔任總編輯的沈宗琳。

「最初宗琳兄每天告訴我怎麼取材、怎麼下筆，我發現他是主張學外國電訊寫作方式的，一洗陳舊的中文新聞寫作作風，把整個新聞最主要的一段放在第一段，最主要的一句放在第一句，層次分明，這在今天國內，不算新奇，但在當時，卻是革命性的寫法。」林徵祁回憶。

而沈宗琳1953年5月由編輯部副主任升任總編輯時，剛度過40歲生日，是中央社有史以來最年輕的總編輯。

新聞路上
手把手經驗傳承

前華視體育主播楊楚光回憶，他入社時的總編輯沈宗琳告訴新進的年輕人，

1
1953年6月20日，中央社記者招考會場。

2
英文部編輯冷若水（左3）調任曼谷特派員，同仁至機場歡送。

應以國家通訊社的記者自許，待遇好壞是其次，穿著整潔體面十分重要，因此特別送他們每人一套昂貴的西裝，且由台北桃源街一家專給外交部做西服的師傅為他們量身訂做。

當時這種手筆少有，讓年輕人感受到的親切與驕傲可想而知。楊楚光說，後來他才知道，中央社這種傳統是源自老社長蕭同茲的作風，而他在新聞界服務了30年，接觸過通訊社、廣播電台、電視台、報社及衛星電視等工作，但是同仁間的相處，以當時的中央社最為融洽、溫暖。

前總編輯冷若水曾與蕭同茲共事，他說，蕭社長沒有長官架子，會為忙碌的第一線記者削鉛筆、搧扇子消暑，自己的座車也常讓記者同仁使用，這種「照顧部屬、有事我承擔」的中央社傳統風範很值得傳承。

1965年中央社在台大規模招考，考場設在二女中（今中山女中），應試的前副總編輯黃濟民回憶，當時考生擠滿了20多間教室，超過千人，還在政大念研究所二年級的許信良也在錄取的12人名單中，同期的還有日後對美中台三邊關係有獨到觀察的華府資深媒體人傅建中，以及轉戰《民眾日報》、《台灣時報》擔任副社長的邱勝安等。後來許信良考取中山獎學金到英國進修，在中央社任職不到一年（1965年7月1日至1966年4月1日），他說，中央社的新

聞訓練對他後來選舉的口號、文宣策略都有很大幫助。

「當年很多人是景仰社長馬星野的才華及操守、風骨報考中央社。」許信良回憶，在他提出辭呈後，惜才的馬星野還特地找他談話，希望他到英國後仍以特約記者的角色為中央社寫稿，但以政治為志業的許信良，婉拒了馬星野的美意。

在中央社工作，有好的表現，不但各級主管會隨時嘉勉，同事之間也會互相鼓勵，1968年受推薦加入中央社，後來曾派駐新加坡的前總編輯林章松認為，這是同仁努力奮進，精益求精的最大動力。而同仁有錯時，相關主管也會明確指出。沈宗琳曾以留書的方式指正他的錯誤，令他印象深刻，永難忘懷。

起因是林章松奉命採訪時任副總統嚴家淦的一場英文演講，之後整理了一則約500字的新聞稿發出，因當時沈宗琳也在場聆聽，他在看這則社稿時，發現有好多地方錯了，除了發校正，也寫了一封信，指出錯誤所在，並告誡林章松，寫稿遇有不清楚的地方，一定要查清楚才能下筆。信中附了校正社稿，信封上寫了「章松兄」，壓在林章松桌子的玻璃墊下。

林章松說，隔天他看到信後心中非常感動，因為這封信，使得他日後工作時更謹慎，同時也痛下決心，利用工作之餘增進自己的外語能力。

1970年代台灣以中央社的英、日文

翻譯馬首是瞻，時任英文部主任的洪健昭曾形容，台灣有三個半英文頂尖人才，其中兩個在中央社；前國內中心主任王同禹說，也因為如此，外交部、新聞局都曾將國內譯名統一的重責大任交付給本社。

立足台灣關懷全球
新聞獎常勝軍

中央社曾獨家負責有關總統的新聞及文告，因此特別嚴格要求新聞的正確性與權威性，根據世新大學2022年調查，中央社是民眾最信賴的網路傳統媒體之一。前資編部主任朱維瑜說，這種榮譽感不但有助於同仁的採訪任務，國內外同仁也經常成為各界查證正確訊息的對象，尤其是「報派」的政府人事

改組新聞，各方認為中央社消息正確可靠，必定要等中央社新聞稿上架才算拍板。也因此，中央社對於人事訊息十分謹慎，除非新聞來源無誤，否則絕不做任何推測。

前副社長曲克寬曾回憶他跑外交時，駐美大使葉公超有一年奉命返國述職，當時台北各大媒體都擠在松山機場等著他發表談話。葉公超下機後，眼睛掃過所有在場記者，開口問道：「中央社記者在嗎？」曲克寬趕緊舉手應聲。葉公超從口袋裡掏出一紙書面聲明給他，不顧在場其他記者提問，上車揚長而去。可見當時中央社記者的權威地位，而這類情形，在採訪現場屢見不鮮。

前國外中心主任胡宗駒回憶，當年某大報的編輯主任，都會拿記者寫的稿與工友從中央社拿回的油印稿作比對，如果發現內容有出入或文稿寫得沒有中央

社稿那麼流暢、完整時，經常將記者寫的稿與中央社稿一併「擲回」採訪主任桌上，要記者細讀一下中央社稿，再作修改。

站在新聞最前線，中央社記者不僅客觀記錄歷史，也對社會提出省思，並因此獲獎連連，2007年時任國內新聞部記者許雅靜、曹宇帆、李明宗以「中國傾銷下的傳統產業調查採訪」獲得第六屆卓越新聞平面採訪報導獎，得獎理由為：「從毛巾業破題，連結家具、陶瓷、玻璃、寢具等業各點，呈現出『線』的效果，擴而及於國際貿易，掀開了廣闊的『面』向。篇篇焦點集中，議題設計周密。且以國內情況與歐美比較，喚起業者與政府重視，極具參考價值。」

中央社推出影音新聞約2年半，在國外新聞中心及影音中心分工合作下，

2012年以「歐債風雲」專題報導打敗20多個參賽的電視節目，獲得第11屆卓越新聞獎。之後曾駐印度、土耳其的特派員何宏儒各以「達米妮之死」、「穿越土敘邊境」專題獲卓越國際新聞獎；前兩岸新聞中心記者沈朋達則以「香港反送中抗爭」專題，獲平面及網路文字類即時新聞獎。

中央社是各新聞獎項的常勝軍，諸如吳舜文新聞獎、現代財經新聞獎、兩岸新聞報導獎、消費者權益報導獎、文創產業新聞報導獎、社會光明面新聞獎、台灣醫療報導獎、台灣新聞攝影大賽等等。社長曾嬿卿表示，這些成果都是無數中央社前輩所努力累積下來的，無論是在第一線衝鋒陷陣的記者，或是編輯台上默默工作的編輯，甚至是後勤支援的人員，百年來一棒接一棒，傳承至今，才造就了中央社如今的風貌。

3
2007年11月16日中央社記者許雅靜（左2起）、李明宗和曹宇帆以「中國傾銷下的傳統產業調查採訪」獲得第六屆卓越新聞獎採訪報導獎。

4
2012年11月23日中央社作品「歐債風雲」勇奪第11屆卓越新聞獎電視類國際新聞報導獎。中央社社長樊祥麟（後右2）、影音中心主任萬淑彰（後右）、前駐巴黎記者羅苑韶（後右3）、影音中心製作組組長屈享平（後左）與新聞組組長張欣瑜（後左3）等人與獎座合影。

海外特派員實戰
追求新聞道德與自律

黃肇珩從師範大學社會教育系畢業後進入中央社，由實習記者到新聞部主任，先後達20年。她曾說：「一個真正的記者，要能守住平凡、踏實；自負、躁進、取巧，都會扭曲了記者的本色與新聞的本質。」

不亢不卑是中央社人的傳統，曲克寬

在本社記者月薪只有900元時，因為想「幫自己人做事」，毅然從月薪多3倍的在台美軍顧問團離職；王同禹駐利馬時，斷然拒絕當時駐外使館人員要求發稿前先知會、審稿的要求。

業務中心主任梁君棣也記得當年還是記者時，有一次時任文化體育組組長范大龍把她叫去問「妳被招待了嗎？」當時梁君棣以為是稿子出了差錯，結果范大龍說，「那為什麼妳的稿子要寫記者『招待』會呢？」范大龍更嚴肅表示，「記者會就是記者會，記者絕對不能被『招待』，否則將有失立場」。

梁君棣說，這是她第一次深刻瞭解到記者的角色與責任，而范大龍的這一段話提點了對新聞專業的態度，對她日後採訪新聞有著深遠影響。

無獨有偶，2018年「我是海外特派員」校園徵選活動入選的世新大學新聞學系學生蔡芃敏，畢業後正式到中央社跑線，也曾碰到廠商致贈高額禮券，後來她全部交回政經新聞中心，由社方出面發函退還給廠商。

經驗傳承是中央社一項很重要的特色，1996年改制為國家通訊社後的首任社長汪萬里，是從跑機場新聞的第一線基層一步步努力奮發，最後在擔任華盛頓分社主任時獲董事會任命為社長，也是本社在台灣培育訓練的記者出任社長的第一人，象徵中央社的進步與現代化。

2017年7月社長張瑞昌到任後，便請海外特派員向同仁分享駐外經驗，如何兼用在地、全球化的跨學科方式跑新聞。2020年開始邀請各行各業傑出人士就其專業或社會關心議題來社演講，如台灣AI實驗室創辦人杜奕瑾主講人工智慧為媒體產業帶來的機會、資深媒體

人黃哲斌深入剖析媒體在數位時代中面臨的艱難與未來挑戰、文化總會副會長江春男分享戰火下的新聞議題、中華經濟研究院能源與環境研究中心主任劉哲良談碳權交易機制、工研院產科國際所研究總監楊瑞臨分享地緣政治衝突下的半導體產業前景等。另外也每年補助負責資訊、數位相關業務的同仁進修，提升專業技能。

此外，2012年成立的新聞學院，為培育優質的媒體新鮮人，曾校園走透透推動產學合作，每年提供包括海外的實習名額給大專院校學生；2017年起擴大舉辦「我是海外特派員」計畫，從大學校園巡迴活動，遴選優秀學子至國外媒體實習，增廣視野，以完善的養成規畫，培養國際新聞人才。

「一般人都不太知道中央社是什麼樣的角色，只知道有時新聞報導會引述中央社的內容。」政經中心記者吳昇鴻回想，當時還是文化大學新聞學系學生的他是在報名截止的前一天才知道「我是海外特派員」的活動，之後透過參加活動、入選到社實習後，在編譯組看到核稿資深同仁對譯文「句斟字酌」，絕不能有錯的堅持，這也讓他訓練自己在採訪新聞時的正確性與查證工夫。

許信良認為，在台灣沒有任何一個單位，比中央社更適合擔負新聞人才培育的重任；而任內辦過4次公開招考，為中央社引進不少優秀人才的前社長陳申青則表示，數位時代一日千里，「不斷培養人才，中央社及國內媒體事業才能永續發展。」

5
2017年12月18日，第一屆「我是海外特派員」校園巡迴講座在南華大學舉辦，曾派駐華盛頓多年的國際暨兩岸新聞中心主任廖漢原（3排左8）分享駐外經驗。

6
2023年第六屆「我是海外特派員」校園巡迴講座，全台巡迴近30場，國際暨兩岸新聞中心副主任何宏儒至銘傳大學演講，帶著當年器材解說特派員採訪裝備。

7
中央社董事長李永得（中）出席第六屆「我是海外特派員」成果分享會，與4名「小特派」吳冠緯（左起）、李書瑜、黃瑩珊、吳辰君合影留念。

7

2

新聞實戰風雲

作為百年新聞事業,中央社被大眾認識的原因,
始終來自一則則報導。
如今全球30多個駐點、國內外超過100位記者,
24小時不間斷傳回第一手消息。

「真正的記者,永遠在戰場上。」
邀集退休特派員、現職文字記者、攝影記者撰文,
回顧國內外重大新聞現場,訴說不為人知的幕後故事,
同時是給後輩的珍貴傳承。

駐美18年
一度重獲聯合國採訪權

王應機

曾任中央社常務監事、駐羅馬記者、舊金山特派員、紐約分社主任、總編輯

　　中央通訊社即將慶祝100歲生日，個人在中央社度過的歲月超過40年，正式職涯中的第一份工作和最後一份工作都在中央社，新聞路上經歷過的幾件大事，在記憶中揮之不去，五味雜陳，但快樂居多。謹以這篇短文，向改變、影響我一生的中央社由衷地說一聲謝謝。

駐英美未果　因緣際會擔任首位駐義特派員

　　我在就讀政大新聞研究所的第二年，1961年以第一名考進中央社，擔任編譯部助理編譯，6個月後，升任乙級編譯。1966年經總社推薦，參加美國《讀者文摘》「世界新聞學院」（World Press Institute）徵選，與全球其他14名媒體新秀，帶職赴美進修參訪一年，足跡遍及美國36州，並在白宮獲詹森總統接見。期滿回國，當時社長馬星野原本有意派我去華盛頓，但當時另一位年輕同仁傅建中也表達了派駐華府的強烈意願，總社決定改派我前往英國倫敦。但赴英記者簽證卻遲遲下不來，加上1969年4月天主教南京總主教于斌晉升樞機主教，成為繼田耕莘之後第二位中華民國籍樞機，面對此一重大新聞，社方決定成立羅馬辦事處，派我出任駐義首任特派員，深入採訪于樞機晉升大典。

　　不過，到義大利後才發現很少使用英文，而我一句義大利文也不會，還好之後很快認識了當時正在當地羅馬國家音樂院進修聲樂，後來成為妻子的蕭凌雲，在剛開始語言不通的時候，得到她很大幫助。駐義13年期間，我曾多次奉派前往中東、東歐與北非採訪涉台重要新聞，彌補了中央社當時尚未在那幾個地區駐點的真空。

調升總編輯 建立制度拔擢人才

1982年初，時任總編輯沈宗琳調任我擔任美國舊金山辦事處特派員，接替屆齡退休的前輩李緘三，將近4年的任期中，經歷了喧騰一時的「江南命案」。

當時不少中央社駐外同仁在駐地一待就是10幾年，甚至2、30年，此一陋習堵塞了新血的出頭之路。1986年社長潘煥昆調升我接替冷若水出任總社總編輯，希望能藉由新人新氣象讓更多優秀人才發揮所長。

當時我還不滿49歲，心懷理想，希望幫中央社建立一套可長可久、健全的人員內外輪調制度，人才可以經由歷練不同國家、不同路線，豐厚自己的學識。但要打破現狀並不容易。因為任何調動都只會得罪人，我還清楚記得，當初為了調動一名駐歐特派員，引來好幾位立法委員來電為他說情。所幸社長堅定支持我的決定，事後證明，對中央社長遠來說，還是利多於弊。

我擔任總編輯時，起用了幾位優秀的新進人才。有一天晚上，時任國內部主任汪萬里邀我去一家頗為簡陋的啤酒屋吃飯，當時外面下大雨、屋裡也下著小雨，他向我推薦年輕編輯陳正杰，我發現這個年輕人英文不錯，對新聞有熱情，不久就外派他去象牙海岸駐點，如今他已貴為副社長，襄理社務。

外派記者第一當然語言能力要好，但我更看重的是品性正派，要有獨立思考的能力，畢竟我們不是外國人，語言能力再強也強不過外國人，所以我曾要求駐外特派每週都要寫中文特稿，還找來時任編輯的于雪珍來總編輯室幫忙審稿。當時駐外、英文很好的洪健昭曾很不以為然，但我對他說，「就算是我寫的稿也會很樂意給于雪珍改」，他才作罷。

我擔任總編輯一職直到1988年8月，其間台灣經歷了開放大陸探親，開放黨禁報禁等劃時代大事。意義最重大的是，1986年民進黨正式成立，台灣民主進程向前跨出一大步。我躬逢其盛，何其幸運，當時中央社雖是國民黨的黨營事業，但我們秉持新聞專業，仍以國家整體利益為優先，至今中央社也仍是如此。

見證李登輝訪美與九一一恐攻

1988年蔣經國總統逝世，副總統李登輝繼任，黃天才出任中央社社長，我再度被外放美國，出任紐約分社主任，諷刺的是和我主張的定期輪調制度背道而馳，沒想到一待就是14年。其間經歷了「六四天安門」、李登輝總統訪問母校康乃爾大學，以及九一一紐約摩天大樓恐攻事件。我原定2002年8月屆齡退休，但同年6月行政院發布人事命令，聘我為中央社常務監事，任期3年，我總算又回到原點：台北。

李登輝訪康乃爾，雖然是私人性質的訪問，仍被視為外交上的重大突破，也讓藍綠之間、台灣與中共之間，加深彼此較勁的味道。不只台灣的媒體很興奮，也吸引了中國大陸以及美國媒體到場採訪。

2001年九一一恐攻，紐約分社距離事發現場僅約一英里。那天我很早到辦公室，特派記者曾志遠因交通受阻只能在家發稿，特派記者黃貞貞則因為家近，赴現場採訪後滿身都是黑灰塵地趕到辦公室。此後的一兩週，通訊很不順利，發稿大受影響，但紐約分社還是盡力完成見證此一重大歷史事件的任務。

1
甫獲晉升的于斌樞機主教（右2），1969年4月28日在教廷接受報喜。（王應機攝）

2
1987年7月29日王應機一家由美返國，同仁黃文志（後右）到機場迎接。（楊一峰攝）

3
1988年7月28日中華民國新聞編輯人協會第21屆第一次會員大會，中央社總編輯王應機在會中演講。（羊曉東攝）

3

得而復失的聯合國採訪權

派駐紐約的採訪歲月中，最令人感嘆難忘的，當推中央社聯合國採訪權的「得而復失」。

1971年聯合國大會「2758號決議」排我納中共後，原中央社駐聯合國記者林徵祁在聯合國總部的辦公室即被關閉，聯合國記者證也被收回。也就是說，1971年後，中央社與其他台灣媒體再也無緣直接採訪聯合國新聞。

我1988年到任之初就抱姑且一試的心理，嘗試透過美國同業向聯合國新聞處打聽申請採訪證的事。第一次面對面，我出示紐約外籍記者協會的會員證，值班的一位智利籍新聞處女職員態度十分友好，不但立刻接受我的申請，並當場發給我一張臨時記者證，還熱心地帶我參觀一間已被新華社占用的原中央社辦公室。我一時也飄飄然樂昏了頭，萬萬沒想到事情會發展得如此順利。

只可惜「好景不常」，5天後我接到聯合國新聞處一名主管的電話，約我當天「面談」。見了面，他直截了當告訴我，發記者證給我純屬錯誤，他現在唯一能

做的，就是收回記者證，然後讓聯合國警衛「護送」我離開。我一頭霧水，但也無能為力，唯一能做的是將此「壞消息」儘速回報總社。

事後檢討，要怪只能怪我高興得太早，以至消息過早外洩，讓紐約其他台灣背景的華文同業「幻想跟進」，其中據說《中央日報》駐美資深特派員王嗣佑當領頭羊，逼得聯合國新聞處不得不拿我開刀，讓中央社空歡喜一場。

數月之後，我曾再試著透過非正式管道申請聯合國採訪證，仍不得其門而入。但因我是紐約外籍記者協會成員，還是可以現場採訪部分聯合國新聞，不過我國退出聯合國後，值得現場採訪的相關新聞也寥寥無幾，至今台灣媒體依然無法進入聯合國官方的記者招待會，和台灣的國際處境息息相關。

資訊爆炸時代　記者更要求真

中央社是國家通訊社，早期具有官（黨）營色彩，而今台灣民主走上軌道，不應該再以過去的眼光看待。如今資訊發達，網路媒體如雨後春筍，中央社在發稿速度上已很難維持優勢，但我認為作為一名稱職的現代新聞工作者，還是應保持新聞的專業原則，求真、客觀、忠於事實，既然在速度上已很難競爭，「正確」應該就是中央社追求的最重要目標。◎◎◎

深入中東
第二次石油危機的新聞幕後

汪萬里

曾任中央社社長、中東特派員、華盛頓分社主任、國內部主任、國外部主任、總編輯室編撰、副社長

1979年元月，伊朗國王巴勒維（Mohammad Reza Pahlavi）因伊斯蘭革命倉皇出逃，隔年命喪埃及。革命期間伊朗原油曾停產60天，國際市場每天短缺500萬桶，造成史上第二次能源危機，油價短短一年由每桶15美元漲到近40美元。美國油商更減少對台供應，國內原油短缺，直到當年9月行政院院長孫運璿訪問沙烏地阿拉伯，才得以紓緩。

2023年8月24日，汪萬里返社分享派駐沙國經驗。

採訪李國鼎、孫運璿訪沙　見證外交努力

我當時任中央社中東特派員，了解來龍去脈。孫院長訪沙成功，要從當年稍早政務委員李國鼎訪沙談起，李的訪問計畫原本平淡無奇，但駐沙大使薛毓麒煞費苦心，因為政務委員的英文稱呼當時翻成Minister of State，這個頭銜在沙國通常是給次長級官員，讓他們能夠參加內閣會議。以李國鼎的身分地位，薛大使當然不能依樣畫葫蘆，就這樣報給沙國，於是他遍查文獻，發現李國鼎同時也擔任國家安全會議委員，就把這個頭銜報給沙國。

沙國對此非常重視，因為沙烏地國安會只有5人：國王、王儲、國民軍司令、國防部部長和內政部部長，最後決定由內政部部長那葉福親王（Prince Naif bin Abdul Aziz）接待。那葉福和王儲、國防部部長、當今國王沙爾曼（King

Salman bin Abdul Aziz）及其他3位親王，都出自沙國開國君主阿布杜拉阿濟茲（King Abdul Aziz al-Saud）最寵愛的妃子哈莎·蘇德瑞（Hassa bint Ahmed Al Sudairi），被稱為蘇德瑞七傑（Sudairi Seven）。當時沙國掌握實權的是王儲法赫德（Crown Prince Fahd bin Abdul Aziz），那葉福自然權傾一時。

當時總統蔣經國獲知後，立刻加派警政署署長孔令晟等治安首長加入李國鼎陣容，結果訪問非常成功。那葉福親王也在當年7月回訪台灣，留下深刻印象，進一步鞏固兩國關係，更奠定了孫院長的訪沙之行。

孫院長在沙國和法赫德王儲會談時，王儲突然問道台灣為何要與以色列從事軍事合作？有人建議孫院長否認雙方合作，但孫誠懇地答道，台灣購買自衛武器到處碰壁，不得已才和以國合作，不過合作正逐步減少中。孫院長的答覆顯然贏得王儲信任，當他提出希望沙國提高對台供應原油時，王儲問需要增加多少？孫說每天增加2到3萬桶即可。王儲當場沒有答覆，但訪問團專機剛起飛返台，中油公司駐沙代表諸昌仁就接到沙國通知，每天增加供油3萬桶。當時台灣的新聞只報導沙國增加對台供油，但我因駐地採訪，見證了新聞背後的外交努力過程。

黎巴嫩內戰遍地烽火　設法避難兼工作

1971年我國退出聯合國，接連幾個邦交國與我斷交，到1972年台灣、日本斷交，沙烏地便成為最重要的邦交國。尤其在1973年10月的第一次石油危機後，沙烏地財力雄厚，國際地位更加提升，中央社便決定派駐記者在中東。但沙烏地當時非常保守，對新聞記者避之惟恐不及，不接受中央社在沙國設立辦事處、讓記者長期駐地，只能短期訪問採訪，所以中央社先以約旦首都安曼為基地，巡迴中東各地採訪。首任中東特派員洪健昭是從英文部主任外派到中東，顯示中央社對中東非常重視。

1977年6月，洪健昭赴美國華盛頓任特派員，我當時是英文部記者，曾主跑外交與國防5、6年，副社長林徵祁派我接任洪健昭的職務。但約旦已於4月承認北京，總社希望我從約旦搬到黎巴嫩首都貝魯特，我在匆忙間趕赴約旦和黎巴嫩上任。

進入中央社，我自然想過要外派，派駐中東原不在生涯規畫內，但社方交付任務，我便全力以赴。出發到約旦前，我以跑外交新聞的人脈與經驗，先在台灣研究中東情勢，認識中東在台灣的政商界人士，像是約旦大使、地中海航空公司的代表等人，這些中東人士後來也對我在中東的工作帶來幫助。

但黎巴嫩的衝突情勢確實難以預料。我抵達黎巴嫩後，在地中海旁租了一個房子，景色優美，剛辦好居留，旋之而來的卻是基督徒和回教徒的衝突擴大，內戰爆發。後來我才發現住處附近3、400公尺就是美國大使館，正是容易被丟炸彈之處，我沒有鋼盔、防彈背心之類的防護裝備，但認識一位來自台灣的大通銀行副總經理，他的住家在山上，形勢相對安全，所以每當發生炸彈攻擊時，我就到他家暫時避難。我在戰火瀰漫的黎巴嫩待了一年半，一直到我離開貝魯特前烽火都沒有止息，在這種動亂情勢下，盡己所能地以貝魯特為據點持續進行中東巡迴採訪，或在當地掌握政治與社會局勢進行分析報導。

當年派駐海外，首先要有良好的英文能力，因為傳輸文稿用的電傳打字機（Telex）只能使用英文；駐地的生活與採訪，靠的是硬碰硬與勤快工作，沒有什麼機會傳承前任特派員的經驗。例如初到約旦時，我在台灣沒有駕照，只好在當地用手排車考照，路考時主考官被我嚇壞了，但最後還是讓我通過，並叮囑我要好好練習再上路，這成為我人生第一張駕照。

常獲當地媒體大幅刊載　沙國部長致意感謝

1979年，在薛大使鍥而不捨的努力下，向沙國強調中央社國家通訊社的地位，據理力爭，中央社終於獲准設立吉達辦事處。

從貝魯特搬家到吉達，我開著在黎巴嫩買的金龜車上路，為避開經常發生炸彈攻擊的路段，我請一位當地人引導我到大馬士革大道上，然後沿途以落地簽方式，經過敘利亞、約旦等國，長途跋涉開1700多公里前去吉達。

在沙國的工作，中央社與大使館新聞參事處合作，除了將我撰寫的英文稿

1

2

發給沙國兩家英文報之外，並譯成阿拉伯文提供給阿文媒體採用。當時台沙合作密切，包括醫療、農業、電力、工程、石化、軍事與學術等方面，官員訪問更是絡繹不絕，台灣只有中央社派記者駐沙國，工作十分忙碌；同時，中央社新聞經常獲得沙國媒體大幅報導，甚至登上頭條，引起沙國新聞部部長雅曼尼（Mohammed Abdo Yamani）注意。

雅曼尼常駐首都利雅德，他的吉達辦公室由沙烏地新聞社吉達分社主任卡西福（Abdul Wahab Kaseef）主持。沙新社與中央社關係密切，我曾安排社長林徵祁訪沙，簽訂合作計畫。卡西福在1971年費瑟國王（King Faisal bin Abdul Aziz）訪台時，曾隨團專訪蔣中正總統，對台非常友好。我們有通家之好，兩家經常聚餐，這在沙國非常罕見，因為沙人通常不願女眷暴露在外人面前。透過他，我也有機會與部長接觸，並贏得好感。

1981年元月，伊斯蘭會議組織（Organization of the Islamic Conference）在沙國夏都塔伊府召開高峰會議，有42位國家元首參加。沙國特別邀請《中央日報》王端正、《自立晚報》林倖一、《中國時報》王健壯和《聯合報》陳祖華4位採訪主任

訪沙。他們攜帶了當時新聞局局長宋楚瑜為雅曼尼準備的禮物，但使館在塔伊府沒有人員，我替他們安排，除了順利完成使命，並向部長轉達了宋局長邀訪之意。

採訪過程，我們不期而遇《利雅德日報》總編輯蘇德瑞（Turki Al Sudairi），他來自王儲母親的顯赫家族，不折不扣的皇親國戚，當時街頭戒備森嚴，晚間更是三步一崗五步一哨，他帶著我們通行無阻，最後到了一處民宅，酒席已經安排妥當，我們開懷暢飲，這在公開禁酒的沙國實在難以想像。蘇德瑞曾以每月1500美元訂用中央社稿，是唯一付費的沙國媒體。值得一提的是，沙烏地為了保障42位元首的安全，訓練了大批安全部隊，負責訓練的正是我國教官。

1982年10月我結束5年多的中東之旅，奉調回國，雅曼尼部長聞訊後特別接見並簽署信函，對於我透過新聞交流，促進兩國人民了解，表達敬佩和感謝，為我的沙國採訪劃下完美句點。⦿

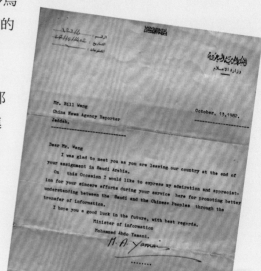

3

4

1
1981年7月7日，沙國當地英文報紙刊載汪萬里報導台沙醫療團隊合作「開心」手術的新聞，稿頭可見出自CNA。（汪萬里提供）

2
1979年6月6日，第一家由我國醫護人員經營的沙烏地阿拉伯醫院──新吉達診所開幕。（汪萬里攝）

3
1982年汪萬里結束中東派任奉調回國，沙國雅曼尼部長致贈的感謝函。（汪萬里提供）

4
1971年7月19日，中華民國軍事記者訪問團應邀飛往日本、韓國訪問12天。中央社記者汪萬里（右）與陳永魁（左）在機場合影。

一張糊照：
中國大陸新聞的已知與未知

黃季寬

曾任中央社大陸新聞
中心主任、兩岸新聞
中心主任記者

　　回憶是一條漫長的旅程，在中央社服務的歲月中，我為這座中華民國百年新聞大廈貢獻了一磚一瓦嗎？抑或錯失遺落了什麼？自1980年考進本社至退休的30多年光陰，我努力思索其中的點點滴滴，猶如在迷濛的大地尋找若隱若現的蹤跡，時而有驚奇，時而有慶幸，時而有遺憾，時而有自責，而悵然若有所失，絕對是此刻落筆時的心情寫照。如果時光能倒流，如果我能再一次站上新聞前線，我想要更辛勤地工作，更妥善地完成任務，不再留下任何欠缺。然而歷史沒有如果。

　　2008年西藏發生舉世震驚的「三一四事件」，當時中共嚴管入藏，事件發生後約兩週，才由國務院新聞辦公室安排10多家中外媒體採訪團前往拉薩，中央社當時正由我輪駐北京，忝為採訪團其中一員，就這樣踏上前往拉薩的行程，這趟採訪也成為我工作生涯的眾多憾事之一。

西藏三一四事件　大昭寺內喇嘛的哭泣

　　我們在3月26日下午搭機抵達拉薩，27日上午當即前往大昭寺採訪。赴藏之行既由中方安排，大家的印象絕對是中共為了宣傳，想透過國際媒體之口，凸顯其對事件的定性和對西藏、對達賴喇嘛的強硬立場。可是，妙就妙在當中外媒體在大昭寺聽取簡報後入殿時，卻突然衝出20多位年輕喇嘛，要求記者向世人公布西藏遭到打壓，渴望自由的心聲。

他們一開始說藏語，大家聽不懂，便請他們用漢語，於是他們操著生硬的漢語訴說起來，說著說著情緒越來越激動，有位僧侶竟嚎啕大哭，表示他們根本沒有參加打砸搶活動，卻被限制在大昭寺不能出去，受到了冤枉。他們還表示，已經有1400多名西藏人被抓，約百人被打死，他們要求中國當局釋放所有被逮捕的藏人，還表示希望達賴喇嘛回到西藏，他們爭的是自由，「求求你們，把我們的真實情況告訴全世界！」

就在僧人衝出來的時候，殿內地方狹小，擠滿了人，很多記者甚至還在殿外。我呢，運氣好，正好就在僧人面前，趕忙舉起相機搶拍這罕見感人的一幕。可是，由於事出突然，眾人爭先恐後，擠得東倒西歪，我來不及把相機調到廣角端高速快門，結果僧人哭得最大聲的那一刻拍是拍到了，卻糊得一塌糊塗。我趕快調整相機參數，但那一瞬間已經消逝。雖然後來拍到帶著淚痕，滿臉淒淒的僧人照片，曾獲路透社、法新社使用，還登上《國際前鋒論壇報》頭版頭條，但怎麼也抵不上那幀張大了嘴哭喊的正面照。一張優良的新聞照片遠勝過千言萬語，我萬般無奈，只能把這張糊照埋藏到相簿一角、記憶的深處，還能怎麼樣呢？

1
2008年3月26日下午，黃季寬搭機抵達拉薩。（黃季寬提供）

2
面容淒淒的大昭寺僧人。（黃季寬攝）

記者要發掘真相　真相究竟是什麼？

奇特的是，接下來我很快就想到，中共不是一向以緊密控制聞名於世嗎，既然安排了國際媒體到大昭寺，怎麼會讓僧人就這麼輕易地跑出來訴苦，這不是坍自己的台嗎？於是我就這一幕詢問率隊採訪的國新辦高層官員，他居然沒有發作，還說了「正常」之類的回答，讓我滿腹疑竇。這究竟是怎麼回事？難道是為了增加這次採訪整體可信度，還是搞什麼「反面教員」，又或是故作鎮定？

更絕的是，那天早上大昭寺外人群熙來攘往，沒有什麼異狀。但是下午，國台辦安排我們台灣記者採訪大昭寺附近的台商「泡腳洞」時，大昭寺周邊卻空無一人，只有警方森嚴戒備，氣氛肅殺，顯然早上年輕僧侶說「在大昭寺外繞行及在寺內參拜的人群是安排的，不是真的前來膜拜的信眾」是真的。

「三一四事件」拉薩之行，我帶著同情去，懷著難過回。我的確看到了被嚴重打砸搶燒的店家，聽到了事件發生前夕，部分漢回民居被做上記號的說法，被告知中共對事件定性和對達賴的指責，但更見證了西藏僧侶的痛楚與哀求，以及拉薩街頭不時列隊穿梭的武警，一步一伏地膜拜的藏民，醫院裡的傷員，監獄裡的被捕藏民，管制中的布達拉宮，一切的一切，在皚皚雪山下都是那麼尖銳矛盾。

不論中共怎麼說：與達賴的對話大門有條件敞開，援藏經濟發展前進，漢藏民族關係不容挑撥，但是「三一四事件」確實發生了，反映的問題明擺著是那麼明顯。當前往拉薩第二中學採訪時，我拍下學校壁報斗大的標題：「達賴就是整個打砸搶燒事件幕後的黑手」、「我們同分裂主義分子的鬥爭，是一場分裂與反分裂的鬥爭，沒有任何調和的餘地」完全顯示了中共的政策。結束此行之際，我在一篇報導裡援引一位不能具名在藏工作人士的意見指出，中共的高壓統治，加上漢族沙文主義，缺少真正的尊重，無法解決西藏人長久累積根深蒂固的苦難。

人們常說，記者要發掘真相、報導真相，還要善盡守門員職責，可是真相究竟是什麼？一個人僅用看的聽的問的就能知道全部真相？我研究採訪中共逾30年，至今不敢說真的懂得這個龐大複雜封閉的政權，只能竭盡所能把自己的觀察寫在稿中，正確與否由後來的事實發展與讀者判斷檢證。

從靜態走向動態　研析、採訪雙管齊下

　　往事如煙，回憶服務中央社期間，因緣際會，正逢原隸屬資料特稿部的大陸新聞組擴編為大陸新聞室，我歷經了本社報導中國大陸新聞的一些變遷。當時兩岸尚未開放，所以我們訂閱中國大陸與香港的報章雜誌，接收新華社電訊稿，收聽「中央人民廣播電台」晚間新聞聯播，加上大陸地方廣播輯要等資料，從中尋找具有新聞價值的內容，撰寫新聞稿或分析特稿，力求有憑有據、正確領先，維護中央社大陸新聞的信譽。

　　爾後隨著兩岸關係逐漸解凍，中央社先是於1989年派遣4位記者到中國大陸，採訪時任財政部部長郭婉容赴北京參加第22屆亞洲開發銀行年會，繼而於1991年開始派員赴中國大陸輪駐採訪，我有幸成為本社首位輪駐北京的記者。

　　輪駐初期一次為期兩週，因為首次到北京，人生地不熟，所有人脈都要從頭開始建立，所幸此行重頭戲是採訪「七屆人大四次會議暨政協七屆四次會議」，而兩會本身安排了不少記者會、也開放申請採訪人大代表和政協委員，所以我不但有新聞可寫，還申請專訪了北京大學著名教授厲以寧（因主張經濟體制改革推行股份制，人稱「厲股份」）及江蘇省長陳煥友，這應是首度有中共省部級官員及大陸重量級學者接受中央社記者專訪，我希望藉此奠定中央社在中國大陸採訪的高度。

　　實地採訪讓我感覺到，所見所聞不是坐在台北辦公室能比，所得到的一手資料，對有志於瞭解中國大陸問題如自己者，是十分珍貴的經驗，對閱聽眾而言，更是重要資訊。

2023年9月21日，黃季寬返社分享派駐中國的經驗。

之後，本社在長官的領導下踏入電腦網路時代，我們的工作型態更加多元，除了原有的靜態研析和動態輪駐，進一步邁向集採訪撰稿、錄音拍照、拍攝影片、製作圖片於一身的全方位型態，新聞環境劇變，新聞競爭激烈，不變的是對報導新聞的專注與追求領先、獨家、正確、卓越的初衷，所有這些全部點滴在心頭。

相較於其他領域，個人認為報導中國大陸有一點比較特殊，就是研析工作的不可或缺性。雖然取材可能包括中國官方媒體如新華社等，但是就中共體制的封閉特性而言，不透過爬梳其官媒和微博、公眾帳號等，的確不易得知其黨政、經濟、軍事、外交、對台政策走向與社會重要動態，所謂「沙裡淘金」就是指此，當然，在這個過程中，我們必須具備免受認知作戰影響的能力。

舉例而言，新華社社稿常會把重要訊息放在文末，我們要「仔細看」它跟以往的內容有何不同？例如重要會議有哪些人參加或應參加而未參加，排名如何等，這可能反映中共權力鬥爭下的重要人事變動情況，若善於觀察可和實地採訪相輔相成。

很多人也會好奇在中國大陸進行採訪工作的「狀態」，我認為，記者的確會「被注意、被關心」，但只要不違背當地相關規定，應該不至於有太大問題。有一次我在北京明城牆拍照，一位老先生突然走過來跟我說：「你昨天發的一張照片不錯，紫玉蘭很能反映北京特色，多照一些這種照片。」我心想：「你怎麼會知道我昨天發了什麼照片？」這應該可以說明很多事情。

往事歷歷，總之，中共政體不夠透明，外界不易理解其全貌，這使得報導中國大陸充滿挑戰，在已知與未知之間，需要不斷學習、探討與修正，才能不斷提升專業與品質。走筆至此，不禁又想起那張照片和其他我沒有做完滿的事，在中央社百年社慶之際，衷心感謝社方及歷任長官與同仁的寬容和愛護，永遠懷念你們。○○○

突破封鎖挑戰極限
中港澳新聞40年風雲

張 謙

中央社駐香港特約記
者，曾任國內部記者、
大陸部副主任、香港
辦事處主任

　　中央社已踏入百歲，不知不覺間，我在中央社也度過41個寒暑。追憶從前，那已是1982年的事了。

　　當年我在台大政治學系尚未畢業，在宿舍看到中央社招聘2名記者的通告，必須是香港僑生，將派往香港分社工作。在此之前，我從未聽過中央社，但想到畢業後回港即有穩定工作，便報考。我被錄取後，先在台北總社實習，同年12月1日，到香港分社報到，當時分社主任關作安、副主任梅鐵崖，全分社26人，是中央社最大的海外駐點，香港幾乎所有紙媒都是中央社訂戶。工作初期，我只寫英文稿，採訪議題多是親台社團活動、中國大陸新聞、台灣參加的運動比賽以及每天逃往香港的中國大陸難民新聞。幾年後，中央社報導內容更加多元，作為分社唯一的記者，我開始兼寫中英文稿。

華航劫機案記取教訓　恪守新聞專業原則

　　1986年，中華航空一架飛往香港的貨機被劫持到廣州白雲機場，震驚中外。我每天到啟德機場守候消息，與數十名中外記者一同站崗。這起新聞帶給我一個工作教訓，至今難忘。

1990年3月10日，
張謙在香港分社辦
公室。（張謙提供）

　　起源是當年香港報章報導，劫機發生前有香港地勤人員在機上放置一把手槍，我轉發該報導，卻沒有引述來源，結果我的報導引起台灣相關單位高度重視，因為涉及國安漏洞，要求追查手槍來源。待追查到我時，才知是轉述

報紙報導，這令總社頗為尷尬和不滿。時任總編輯冷若水為此傳給我一句話：「A good reporter never takes responsibilities for others.（一位好的記者不會為他人承擔責任。）」提醒我寫新聞要專業，不能馬虎，這句話成為我日後處理新聞的座右銘。

千島湖事件　找三輪車伕聊天打探消息

踏入1990年代，兩岸關係解凍，1992年台灣海峽交流基金會派團訪問中國大陸，總社派我隨團採訪，是我作為中央社記者首次踏足中國大陸。

1994年3月31日發生千島湖事件，我再次踏足中國大陸，也是採訪生涯首次重大考驗。事發地點既遙遠又陌生，而且當年中國大陸並不開放，嚴格封鎖類似新聞，難以入手。從香港出發那天剛好遇到8號風球，市區幾乎找不到計程車，好不容易找到一輛到機場，機位已滿，我只好在現場等候。後來有一名旅客沒登機，我立刻候補上機，飛往杭州。抵達杭州後，我與一名台灣的中視駐港記者包一輛車，經過8小時車程，沿途荒山野嶺，感覺快要迷路，如此幾經艱苦，才趕到千島湖旁的淳安縣。

中國大陸方面封鎖消息，淳安縣地方小，千島湖事件是大新聞，大家都不敢講。我透過各種方法打探內幕，其中一個方法是找三輪車伕聊天。當地落後，有很多三輪車，搭一趟通常給人民幣1到2元，我給5元；再下一次搭車，我給10元，看車伕有什麼消息。到後來，每天早上我的住處外會有3輛三輪車等我，我就從中挑選看誰的消息內容最好；還有車伕主動幫我找哪裡有消息來源，包括受難者遺體存放在哪裡，他們都找到了告訴我，還載我過去。我花的錢不多，但對車伕是可觀的收入，為了採訪，這是沒有辦法中的辦法。這次事件，我前後3次到當地採訪，也報導了一些獨家消息，包括採訪受害女導遊在桐廬縣的家人，並取得她生前的照片。

海基會副祕書長許惠祐同年5月帶鑑識人員到當地了解案情時，剛好中央社實行電腦化，我首次攜帶社方提供的Twinhead筆記型電腦隨行，沿途只要有記者會，

我就用筆電打中文稿，再找一間飯店用56K的電話線傳稿回台北，總社也很快就發稿。兩岸三地記者團裡，只有我使用中文筆電，感覺很自豪。至於其他記者，就要等晚上回到飯店才能發稿，那時香港記者只要看到我都罵我，說我那麼快發稿，白天的新聞重點都採用了中央社稿，讓他們晚上只能寫花絮。

經歷此事，我獲社方提拔成為正式駐外人員，1994年至2004年為香港分社特派員，期間參與採訪香港九七回歸，而分社主任也先後換上朱維瑜、呂康玉和劉坤原。1998年，我以特派員身分主管分社業務，翌年採訪澳門回歸。無論是香港或澳門回歸，涉台事務都受中外記者關注，分社憑著獨有的優勢，發了不少涉及台港及台澳的獨家消息，像是經常獨家訪問台灣駐港代表厲威廉。其中1999年11月底對厲威廉的專訪，次日幾乎獲得澳門報章一致轉載，包括《市民日報》、《華僑報》、《華澳日報》和《現代日報》；1998年辜振甫率團經香港前往中國大陸訪問，我爭取到進入香港機場禁區採訪，發了獨家新聞和照片，獲香港多家報章使用。

春運災難、四川大地震　克服險阻挺進核心區

2004年底，我調返台北總社工作，擔任大陸部副主任；2008年初再派往香港主管分社業務，其後獲提升為主任記者。剛回港不久，中國大陸南方遇上雨雪天氣，交通要道癱瘓，火車受阻，數以十萬計農民工滯留廣州火車站，演變成「春運災難」，時任總編輯劉志聰指派我前往採訪。採訪頭兩天，我一直無法繞過數以十萬計農民工的銅牆鐵壁進入車站，後來發現車站下有連接的捷運，但已被解放軍及武警封鎖。在我苦苦哀求及解釋下，他們終於放行，我得以從捷運站走上廣州火車站，採訪災難核心區。

同年5月，四川汶川發生大地震，時任總編輯賴秀如詢問我能否前往採訪，我一口答應，次日出發。我先後到了北川縣、漢旺鎮、綿陽縣、德陽縣、都江堰，又經都江堰市的紫坪鋪水庫去震央映秀鎮。

這次採訪，最考驗的是體力，因為道路多被破壞；我每天大概從早上8時許走路

前往目標震區，當天傍晚才能搭包車離開。這是我第一次採訪震災，因為沒有經驗，第一天沒有準備隨身糧食，從上午8時開始沒吃沒喝地工作，到傍晚餓到發抖，趕緊向救援隊求救，才獲得飲水與餅乾。第二天起，便知道要自己準備好飲食。另一個難處是通訊不便，只能回市中心的飯店或找尋其他飯店發稿和照片。文稿方面，我可透過手機口頭報稿，但此時有關地震的訊息鋪天蓋地而來，只有照片最吃香。幸好我每晚都找到發照片的機會，不少獲香港報章登載。

1
2008年2月1日，雪災侵襲又逢春運，廣州火車站陷入混亂，當晚有20餘萬民工正候車返鄉。（張謙攝）

2
2019年9月29日，反送中示威者占據金鐘道一帶，防暴警察朝示威者雨傘防禦陣地，狂射10餘枚催淚彈及布袋彈。（張謙攝）

3
張謙全副武裝採訪香港反送中街頭抗爭。（張謙提供）

採訪香港街頭抗爭　全副武裝穿梭現場

2014年9月28日，香港爆發「占中運動」（又稱「雨傘運動」），2019年3月又爆發「反送中運動」，7月起，香港反送中運動越趨嚴重，幾乎每天都有示威、靜坐或占領行動，大批年輕人參與其中，不時與警方爆發激烈衝突，我大都參與採訪，並著重於示威者和防暴警察之間的衝突，包括警察發射催淚瓦斯、橡膠子彈、追捕示威者、發射水砲等鎮壓手段，以及示威者投擲汽油彈、石塊及逃走場景。

採訪期間，我無數次吸入警方的催淚瓦斯，瞬間呼吸困難，不能繼續工作；曾多次誤中示威者投擲的石灰粉、石塊和油料，幸無大礙；也看過在我面前的同業被催淚瓦斯擊中，身上全是煙，同業都趕過去解救他。既然在前線採訪，這些困難和危險是無法躲避的，只能做好防備，事先戴上頭盔、防煙口罩。

每當示威者和防暴警察爆發衝突，捕捉畫面最為重要，而為了拍攝不同角度，我有時站到示威者之中，有時站在警方旁邊，有時站在兩者之間，來回走動；當示威者和警察爆發肢體衝突，我就爭取近距離拍攝，但同時要閃避示威者和警察的無意衝撞。

2

在衝突結束後，為爭取發稿時效，我會先把相機的照片送到手機，再透過手機
通訊軟體「LINE」轉發到總社的大陸新聞中心群組，由台北同事處理。之後，我
在LINE群組寫上短稿，又或以電話口述現場情況，由台北同事代為撰稿，再配合
圖片發出。

反送中運動是香港歷來最大規模政治衝突，受到全球關注，採訪這場運動很辛
苦，但相對於千島湖事件或四川大地震，難度較低。占中運動、反送中運動
後，香港的政治與社會環境改變很大，但我在工作上都是依循專業原則，
這點是不變的。較有影響的是，《香港國安法》上路後，有些爭取自由
的組織解散，或個人變得較不願受訪，大大限縮了採訪的範疇，這是
九七回歸前後沒有的現象。

回顧這些重要採訪經歷也可看到，中央社在重大事件中都沒有缺
席，且與時並進，不斷更新設備，方便記者採訪。如今中央社已
是百年老店，相信今後也會一如既往，保持專業精神，在各大
熱點新聞中繼續發揮全球通訊社的角色。◎◎◎

3

海地大震
直擊國際救難現場的光明與亂象

黃礦春

曾任中央社外文新聞中心副主任、巴拿馬辦事處副主任記者、紐約分社記者、羅馬辦事處副主任記者、國內新聞部副主任、國外新聞部副主任

人生是一連串的偶然，我進中央社服務也是。從1978年服完兵役當年底參加中央社公開招考，到奉派至中南美洲等國駐點，還曾排除萬難首次採訪像海地大地震這樣的災難現場，這些都不在自己的預想中。

奉調返台前夕　匆忙趕赴海地採訪

2010年新年剛過，我在巴拿馬駐地全力準備1月底奉調返總社就任新職，退了租房、買了返台機票，突然接到總社長官來電，令我即刻前往海地採訪大地震災情。

海地1月12日下午4時53分發生規模7的大地震，由於災情尚不明朗，次日上午我趕赴旅行社購買機票，才知太子港機場已關閉，所有民用飛機停飛，此路明顯不通。

我心想唯一可行路徑是從多明尼加走陸路轉進海地，因此從旅行社返家後隨即打電話連絡我駐多明尼加大使館，幸運得知我國首支國家搜救隊14日將從多國轉搭包機赴海地，如果趕得上，我就可跟搜救隊一起前往。

在駐多國大使館官員的協助下，13日我搭機抵達多國首都聖多明哥市，等待次日與國家搜救隊會合赴海地。過程中，獲知我駐海地大使徐勉生在地震中受傷，正在聖多明哥一家醫院接受治療，但拒絕接受媒體採訪。我於是請託舊識——駐多

1
2010年，黃礦春在
太子港搜救現場。
（黃礦春提供）

2
台灣搜救隊員帶著
搜救犬在太子港執
行救災任務。（黃
礦春攝）

國大使蔡孟宏，得以在大使館官員陪同下，於14日上午到醫院訪問徐大使，了解大使傷勢及駐館官員、技術團隊人員的概況，完成採訪海地災情的首則報導。

會合國家搜救隊　從多明尼加租車進入災區

14日下午，原準備與國家搜救隊在機場會合後，包機前往海地，突然又因美軍接管太子港的機場後，沒有美軍同意，任何飛機都不准降落。搜救隊只得將已上飛機的器材與物資卸下，經此一折騰，天色已晚，所有人員及物資先撤到聖市一家旅館安置，重做安排。

當天深夜，我在旅館接獲通知，搜救隊所有人員都要準備好，15日清晨3時搭租來的汽車出發，由陸路赴海地。經過近11個小時的陸路顛簸，國家搜救隊抵達海地已是災後第四天的下午。進入災區後，仍目睹到處斷垣殘壁，廢墟中還有尚未處理的屍體，難民臨時收容處環境髒亂，以及民眾在郊區空曠地焚燒無法及時處理的屍體等等，怵目驚心。

租車進入災區雖然速度較慢，搜救隊反而行動自由，更有利於執行任務。在我國海外工程公司駐海地副總經理張士錡的帶領下，搜救隊大略巡視過災區，並到人員都已撤離的總統府及臨近已倒塌的政府辦公大樓試行搜救，同時讓搜救犬適應環境。此時，厚厚的瓦礫堆中已傳來濃濃的屍臭味，判斷已無受困的生還者。

國際救難現場　鏡頭外的爭功亂象

16日清晨6時，搜救隊到設於太子港國際機場空地的聯合國國際搜救協調中心報到，獲指派到太陽城地區搜救。張士錡得知消息後建議搜救隊不要前往，因當地治安不佳，任何陌生人進去都極可能被搶。

正當大家等待國際搜救協調中心派遣保安人員隨行之際，有消息稱聯合國駐海地維和部隊總部倒塌的大樓地下室有人求救。我國搜救隊自備車輛，在張士錡帶領下立即前往維和部隊總部搜救。

抵達維和部隊總部後，當地留守的人員告知，倒塌的大樓內部已有美國及中國大陸搜救隊搜查過3次，應該沒有受困的生存者了。我國搜救隊仍堅持攜帶生命探測器及搜救犬下場搜尋，確定還有倖存者被埋在地下室的瓦礫堆中。

正當我國搜救人員徒手及使用簡易的手工具，試圖進行救援時，一支美國搜救隊急馳而至，並稱用徒手方式搬開瓦礫堆緩不濟急，他們有電動的機械設備，工作效率更高，並要求我方人員撤離。

我國搜救隊離開維和部隊總部後不久，又接獲通報稱維和部隊有一處倒塌的警察宿舍地下室有人求救。因自備車輛，機動力強，我方又是第一支抵達現場的搜救隊。

在我國搜救隊進行搜救時，烏拉圭、薩爾瓦多與美國搜救隊陸續趕到，我國與薩國搜救隊分別從兩個樓梯間開道前往地下室，但美國搜救隊卻打算在兩個樓梯間之間的樓地板鑿洞下切，不顧我方警告此舉可能造成樓板塌陷，危及搜救人員

與受困者安全。在一片吵鬧聲中，受困近5天的倖存者被我方搜救人員從樓梯口抬出，現場人員爭相拍照，我方將獲救者交給醫護人員後便離開。

海地大震造成20多萬人死亡、30多萬人受傷，逾百萬人無家可歸，這次採訪見證了大自然的巨大力量，目睹了國際搜救隊奮力救人的人性光明面，也看見搜救現場各國爭功的亂象，以及美國這類強國在救災現場的強勢作為。

這是我首次採訪如此巨大的震災，因為匆忙出發，除了工作裝備，其他防護裝備都沒有準備。所幸此行都跟著國家搜救隊行動，在當地缺電、缺水、缺糧、缺交通服務的情況下，食宿也還不成問題，甚至在張士錡協助下，三餐還可吃到美味可口的台式料理。也因為隻身作戰人力有限，自己沒有交通工具，第一時間便判斷要以國家搜救隊的行動為報導重點，將國人關心的搜救過程與成果傳回台灣，而使這次震災搜救的報導與照片獲得國內媒體廣泛採用。

中南美洲遙遠又陌生　中央社駐點促進交流

從進中央社服務起，長官與先進就常耳提面命，中央社人要以國家通訊社的代表自居，在外代表國家，以國家利益為中心，以此做為駐點採訪重點，要有以一當十的工作勇氣。駐外工作更需要廣結善緣，平時與外交人員、採訪單位及對象、當地同業都建立良好關係，並注意簽證問題，保持可隨時出發到其他國家工作的自由身，遇到偶發事件時才能適時獲貴人協助，順利完成上級交付的任務。

中南美洲對國人而言是遙遠又陌生的國度，雙邊貿易不算多，採訪的新聞要引起國人關心有相當難度。我在巴拿馬駐點大多報導當地政經大事、雙邊關係、訪賓互訪、棒球等體育交流活動與比賽等，具備了西班牙語與英語能力，採訪多不成問題，但生活層面，只能靠自己多注意。像是當地發展相對落後，國民所得低，治安差，出門就要有會被偷錢的準備。為了安全，我選在高級住宅區居住，但沒有警衛，家裡仍被偷了3次，所幸人身平安。

　　我奉派駐巴拿馬時，我國在中美洲與加勒比海地區曾有14個邦交國。中央社同時在秘魯、巴拉圭、巴西、阿根廷與哥斯大黎加設有駐地，顯示對邦交國家與國際新聞交流的重視。在1991年中美洲達成歷史性的《埃斯基普拉斯和平協議》之前，中美洲五國為了平息多年內戰，不定期舉行元首會議，這在中美洲是頭條大事，即使當年台灣的媒體與讀者並沒有特別關注，我仍於1980年代末期請大使館協助兩次前往瓜地馬拉、宏都拉斯實地採訪和平高峰會，將大會記者會的消息傳回台灣，這也是駐地記者工作有價值與意義的地方，至今令我難忘。|○○

媒體爭相拍攝被台灣搜救隊救出的海地震災倖存者。（黃礦春攝）

遍歷亞洲各國
全球獨家見證歷史時刻

郭芳贊

曾任中央社駐土耳其
記者、駐曼谷記者、
業務中心行政專員

2005年，我終於結束長達24年海外特派員任務回到總社，留下2次獨家報導全球重大國際新聞，及巡迴採訪剛獨立的中亞五國的系列報導，並為李登輝總統會晤泰王的歷史瞬間留下紀錄。

欣逢中央社成立100週年出版專書，利用此機會，我把在土耳其7年、泰國17年特派經驗扼要地說明，作為慶祝中央社百年賀禮，與同仁分享。

青輔會推薦下，我在1975年底有幸進入中央社，以英文助理編輯開始新聞生涯。5年後，土耳其政府口頭許可中央社派駐記者。1980年秋天，我的海外特派員生活就在土耳其正式展開。

貴人相助　搶先報導中共官員投奔自由

中共駐土耳其大使館商務參事買買提·尼雅孜在1986年9月獲得土耳其政府的政治庇護，尼雅孜為維吾爾族人，是中國共產黨資深黨員，當時已駐土耳其6年，是中共在海外尋求政治庇護的最高級外交人員。我在9月10日報導了這則新聞，更早於外電。

那天，我正巧到土耳其最大民營通訊社——艾克強通訊社，喝茶聊天中，總編輯突然遞給我一張只有兩行的土耳其文新聞稿，並說「也許你有興趣」。新聞稿只寫著：外交部表示中國大使館商務參事獲政治庇護。

郭芳贊所寫尼雅孜
獲土耳其政治庇護
的報導，受到平面
媒體採用。（郭芳
贊提供）

　　我的「新聞感」馬上亮起來，在艾克強通訊社總編輯的協助下，取得當地媒體和官方消息撰稿給台北總社，再到路透社辦公室借用照片傳稿機把照片傳回台北。報導在《中央日報》海外版見報後，我郵寄給尼雅孜，一個多月後並在當地媒體牽線下前往土耳其中部某基地和他碰面。如果沒有當地媒體朋友的協助，報導將難以完成，尤其特派員駐外時只有一個人，平時一定要廣交當地朋友，新聞來源才會廣闊。

首位台灣記者中亞行　揭開六國十城神祕面紗

　　1991年底蘇聯解體，一分而為15個國家。1993年3月20日至5月4日，我奉社長唐盼盼之命，前往自前蘇聯獨立的塔吉克、土庫曼、烏茲別克、吉爾吉斯和哈薩克等中亞五國，以及順路經過的亞塞拜然，近兩個月間單槍匹馬地進行六國十城實地巡迴採訪與報導，揭開這些被共產主義制度封鎖下，與世隔絕近100年的社會與人民生活。

　　當時中亞五國獨立才一年多，傳統市集和百貨公司昔日熱絡的商人和貨品都憑空消失。原來是以往這五國對外經濟大多依賴莫斯科，如原是世界最大棉花生產國烏茲別克，長年來只管種植和採收，由前蘇聯負責外銷後再送錢回烏國，但一夕之間獨立，萬事起頭難，不僅雙邊交易要重新談判簽約，農夫收不到上季賣出棉花的錢，也無財力再買種子、肥料。我站在廣大草原上望著荒蕪、光禿禿的棉田，心中感慨萬千。

　　我在各國首都停留3天至1週，剛開始舉目無親，要想專訪次長級以上官員是幾乎不可能的挑戰。我先託旅行社引薦觀光、旅遊方面的官員，小國的官員往往身兼數職，我就這樣陸續見到亞塞拜然國務部部長、土庫曼觀光文化部副部長、哈薩克對外經濟關係部第一副部長等。在烏茲別克實在無法見到官員，就往學術機構尋找，才在塔什干東方研究國立研究院找到願意受訪的教授。

　　在國外採訪，通訊是最大的問題，尤其這些國家長年封閉，對外聯繫極生疏，我甚至必須教他們怎麼做，如在亞塞拜然時，無法接通台灣的國際電話，我就請

值機員從美國、法國等國家轉回台灣；在土庫曼沒有國際電話台，我就到文化部官員家中借用傳真機，計時付費，才得以順利發稿。作為記者，知道「變通」是最重要的。

此行除了報導中亞各國獨立後，觀光、經濟方面的實況與困境，也展現出中亞官員對國家經貿發展的關注。可惜的是，當時台灣媒體對中亞頗陌生，僅《自由時報》連載這6篇系列報導，但泰國6家華文報以半版彩色連載6天，中國使館剪報送回北京，引發了中國進一步強化在中亞的區域影響力。

幾年後，1996至1997年間北京政府在上海與俄羅斯、哈薩克、吉爾吉斯、塔吉克與烏茲別克建立「上海五國會晤機制」，成為2001年6月15日成立的「上海合作組織」（SCO）前身，也是第一個用中國大陸城市命名的國際組織，工作語文限漢語和俄語，搶先取得中亞領導權，震撼國際。中共之所以如此懼怕中亞五國壯大，是因為歷史上，北方遊牧民族曾多次侵擾，並成立元明清朝代。

而我離開中亞五國屆滿30年，不知今日中亞情況如何？中亞民眾是否已深刻明白獨立的意義和代價呢？

駐泰17年　記錄李登輝晤泰王歷史時刻

在土耳其兩任期滿，我在1987年調回總社。半年後社方派我接替泰國特派工作。

駐泰國期間，1994年總統李登輝在曼谷會晤當時泰王蒲美蓬，是1975年兩國政府中止邦交以來首次元首會面。李總統訪泰的消息很早就傳開，但究竟能不能見到泰王？沒有人知道。2月14日，李總統乘專機抵泰國普吉島，當時台北媒體也飛到了普吉島。確定李總統專機次日飛往曼谷後，我就提早回曼谷。台北媒體人員卻因民航機沒有機位而無法在16日到曼谷，於是僅有我與另一家派出兩組記者的電視台在曼谷採訪。

1994年2月16日，李登輝總統準備乘車會晤泰王，這是兩國中止邦交後首次元首會面。（郭芳贄提供）

　　駐泰代表處對於李總統會晤泰王消息完全封口，我到機場附近最大的旅館，見到滿滿的人群，包括我已知將與李總統午餐的華僑領袖，才確定來對地方，並及時捕捉到李總統搭乘泰王蒲美蓬派出的王室禮車，前往皇宮的畫面。

　　李總統與泰王會面，是維持前總統蔣中正與泰王之間一直以來的元首外交。蒲美蓬自1963年應蔣中正邀請訪問中華民國後與台灣邦誼深厚，自1970年代開始，蒲美蓬推動「泰王山地計畫」，由我國行政院國軍退除役官兵輔導委員會（退輔會）每年派遣農業技師赴泰北指導，至1993年完成階段性任務；1994年國合會前身海外技術合作委員會（海外會）接手執行此計畫，台泰之間的農業交流延續至今。事後分析，泰王山地計畫之所以繼續進行，應和李總統的泰國行關連甚深。

　　儘管政府外交斷了，但雙方非正式的外交關係和經濟合作仍然可以持續。蒲美蓬終其一生未訪中共，是我們一直感念的；在泰王母親過世的時候，李登輝派出女兒李安妮、女婿賴國洲致哀，這也是元首外交的表現。

登小鷹號訪戰鬥群司令　發出全球獨家

　　2000年總統大選前，台海情勢緊張，美國兩艘航空母艦回返日本時途經泰國，美方利用慶祝泰王后生日的國定假日，招待媒體參觀小鷹號（USS Kitty Hawk）。我在1999年8月11日登艦採訪，成為唯一獲准登艦的台灣媒體記者；發出全球獨家的報導〈美第七艦隊戰鬥部隊司令警告中共勿輕舉妄動〉，也意外成了當時台灣《新聞鏡周刊》第563期的封面人物，標題是〈登上艨艟巨艦　發出全球獨家〉。

　　美國第七艦隊戰鬥部隊司令吉亭少將親自出席小鷹號記者會，我抓緊機會詢問，小鷹號回日本的路徑上是否經過台灣海峽？吉亭少將直答，會經過台灣北部和東部公海，不是經過台灣海峽。

　　由於當時是國定假日，國際媒體外籍特派員多半休假，更重要的是，航空母艦巡航對外媒而言並不稀奇，當時在泰外籍記者也不會注意到台海問題。我當晚的發稿震醒了台北、曼谷兩地媒體去向美新聞組求證。由此可知，全球獨家重大新聞不一定是有意地挖掘，除了勤跑現場外也要靠記者的高新聞敏感度。

回想特派時光　樂當無名英雄

　　我比屆齡提早一年在2010年初退休，回想過往採訪紀錄，分析得到結論：

　　一、全球獨家如中樂透？我卻中了2次，更各獲得中央社嘉獎1次。我在大學時未曾選修新聞課程而在中央社土生土長，只有遵守中央社記者「隨採隨發」規定，就算新聞發生時是國定假日或週末，一般國際媒體特派員休假中，中央社海外特派員也會即時報導，成為「無假日媒體人」。

　　二、當年美國太空人阿姆斯壯登月成功，留下名句「我的一小步，是人類的一大步」，但寫這新聞報導的記者，沒人記得。同樣地，讀者只記得小鷹號航空母艦曾進入台海維持穩定，沒人記得是誰首先報導。海外特派員成為「無名英雄」。

　　三、歌星鄧麗君意外逝世在泰北清邁的新聞報導刊出後，後續還要追蹤報導「家人抵泰」、「鄧麗君遺體迅速回台北」等。每則新聞作品「活」不到半小時，海外特派員實在是新聞作品的「快產作家」。

　　值此進入第二個百年的開始，歡迎有志參與國際事務的青年投入中央社海外特派員行列，更預祝中央通訊社繼續是世界五大國際通訊社之一，也是最可信的華人媒體。|◎◎◎

郭芳贊登軍艦採訪的工作照。（郭芳贊提供）

回望海外新聞路
二度親歷英美恐攻

黃貞貞

曾任中央社駐倫敦副
主任記者、紐約分社
記者、國內新聞中心
生活組組長、商情新
聞中心財經組組長

我和中央社的緣分始於大三暑假到國內新聞部實習，與不同路線記者採訪新聞，了解採訪實況及編輯台運作，是十分寶貴的經驗，堅定我日後從事新聞工作的決心。

畢業後加入中央社，1991年赴美攻讀碩士，學成後重返中央社，經當時國內新聞部主任李清田建議，擔任外交記者，期間最重要的獨家新聞，就是專訪當時美國在台協會（AIT）台北辦事處處長貝霖（B. Lynn Pascoe），暢談美台雙邊關係與國際情勢，內容深入翔實，獲國內各媒體刊登並跟進，專訪成效斐然，備受貝霖與AIT新聞官及發言人郭瑾（Jennifer Galt）肯定。

1996年參加社內甄選考試脫穎而出，隔年出任中央社第一位常駐紐約華爾街特派記者，除了採訪財經新聞，也負責紐約重大新聞。

目睹九一一恐攻大樓崩塌　見證紐約人情

派駐紐約期間，我租賃的公寓位在曼哈頓中城，距離著名的場館麥德遜廣場花園（Madison Square Garden）只有約10分鐘的路程，因為工作需要，經常到位於曼哈頓下城的華爾街採訪。

2001年9月11日發生的恐怖攻擊事件，是我在紐約最驚心動魄的新聞事件，事發當天上午原訂到被攻擊的世貿中心旁的金融中心採訪，早晨在家觀看電視新聞

時，看到被劫持的第一架民航飛機衝向世貿大樓，剛開始還以為是好萊塢的影片特效，由於這是美國史上首宗大規模恐攻，一開始資訊相當混亂，不論是美國政府或媒體都不清楚事件真相。

基於記者本能，我決定馬上出門到出事現場了解狀況，從位於34街的住處一路向南走，走了10多條街後被警察攔阻，盤問我的身分，不准我再繼續往災區方向前進。就在那裡，我親眼目睹第一座被攻擊的世貿大樓崩塌，一旁的路人連連大喊Oh My God，難以置信眼前所見，怵目驚心的畫面，至今歷歷在目。

2001年9月11日世貿中心遭衝撞後，爆炸引起濃煙的景象。（黃貞貞攝）

世貿中心是當時紐約最高的大樓，許多行動電話的收訊台都設在那裡，兩座大樓崩塌後，許多人無法使用手機，中央社辦公室的網路也斷線，我看到路邊的公共電話前大排長龍，排隊者個個神情焦慮，急著向家人報平安，凝重的空氣四處彌漫，人們不知何去何從。

擔心恐怖分子還有下一波攻擊，通往曼哈頓的車行隧道中午以後全部關閉，大眾運輸全面停駛，住在郊區的人只能從曼哈頓步行數小時回家。

一位在華爾街採訪的媒體友人轉述，她當時正在曼哈頓下城前往紐約證交所的路上，發現天空突然變得陰暗，許多紙張從高空飄落，還有許多粉塵碎屑不停掉落，回家後她身上的灰屑一直很難洗掉，研判有可能是大樓爆炸後高溫燃燒的骨灰，對於能平安脫險，她直言自己很幸運。

我在後續採訪時，發現生死的確在一線之間，有人因為塞車，錯過上班打卡時間，原本懊惱上班遲到將被主管責罵，沒想到竟救了自己一命；一位在華人社區相當活躍的台灣僑胞，兄長在九一一事件當天到世貿大樓洽公，卻因恐攻而天人永隔，連想舉辦喪禮都沒有遺體，說到傷心處不禁痛哭失聲，令我心有不忍。

恐攻後我和分社同事曾志遠分頭採訪，為了能儘快傳稿子和照片回台北總社，紐約分社的主任王應機洽詢美國媒體，借用他們的設備傳稿，但不便長時間待在同業的辦公室，只能先在分社內集中火力寫好稿和拍好照片後，輾轉傳回總社。

雖然每天工作疲憊，但恐攻並未使我對自身的安全感到憂心，尤其恐攻後紐約街頭出現大量荷槍實彈的警察，三步一崗五步一哨，讓我感到安心，當時每天想的事，就是挖掘更多的故事。

我還發現，平日冷漠的紐約客頓時溫暖了起來，見面時彼此問候是否一切安好？甚至有商家貼出標語，寫著「我們是有禮貌的紐約客」，登記結婚的情侶人數更是暴增，原因是，九一一事件讓他們了解人生無常，應把握當下。

親歷倫敦七七爆炸案　媒體展現自制

2002年奉派回台北總社，先擔任國內新聞部生活組組長，之後轉任商情新聞部財經組組長。（按：國內新聞部、商情新聞部於2002年11月改組為國內新聞中心、商情新聞中心）2005年派駐倫敦，全方位採訪英國重要新聞。

到倫敦履新未久，7月7日爆發英國首起連串恐怖攻擊，地鐵與巴士接連傳出爆炸，造成近60人死亡，震撼全英國。

目睹過紐約恐攻民眾的驚慌失措，英國政府與民眾面對恐攻的反應相對冷靜，警方和相關單位在調查過程中，以公眾安全優先，提供媒體與社會大眾需要的最新訊息，而媒體刊登相關新聞時也多展現自制，未大量使用諸如受害者屍體血肉模糊的照片，令我印象深刻。

在外籍記者協會主辦的記者會上，我詢問倫敦警察局長布萊爾（Ian Blair）為何英國人在恐攻現場能冷靜以對？我清楚記得他說，一方面是英國的民族性，不喜歡公開展現情緒，另一方面是英國過去長時間遭「愛爾蘭共和軍」（IRA）攻擊，對恐攻並不陌生。

七七爆炸案後，英國警察進駐地鐵站。這是二戰以來，英國警方動員人數最多的行動。（黃貞貞攝）

如果比較CNN和BBC新聞主播的播報方式，就可以清楚發現，不論是多嚴重的事件，英國人習慣以淡定的方式，不帶自己的情緒表達。在恐攻事發現場，受害者即使血流如注也沒有呼天搶地的哀號，警察很慎重地圍起屏障，醫護人員專注救治傷者，一切循序進行，這種出乎我意料的冷靜，也感染到現場採訪的記者。

製造社會恐慌與對立，正是恐怖分子的企圖，情報單位無法確定是否會有下一波的攻擊，英國政府看清了這點，呼籲民眾不要受恐攻影響，繼續過正常生活，地鐵與其他大眾運輸沒有考慮加裝金屬檢查器，取而代之的是宣導民眾提高警覺，注意身邊可疑的人，任何沒有人看顧的行李和包包，一定要馬上通報移除，直到現在，皆是如此。

英美國情大不同　特派生涯挑戰多

在美國的求學經驗幫助我很快適應紐約的生活，掌握與美國人工作互動的技巧，多數美國人喜歡直來直往，如果不願意或不方便受訪，也會坦白以告。我特別記得有一次想採訪一位股票交易員，談談當時火熱的網路股投資，他直白表示，與其花時間接受我採訪，還不如炒股，可以賺更多錢。

多數的美國單位和企業設有媒體連絡人，只要有採訪需求，他們大多會盡力協助；相較之下，英國人不喜歡說不，認為這樣表達對他人不禮貌的思維，使我初抵倫敦工作時吃足苦頭，嚴重耽誤工作進程。

英國許多企業及單位仰賴公關公司，媒體、特別是外國媒體要採訪，必須先過公關人員這關，不夠專業、懶散及對媒體大小眼的公關人員經常壞事。為了達成總社交付的任務，我必須花很多時間和精力與這些公關人員周旋，提出可以創造「雙贏」的對策，對英國人來說，對他們無益，不會加分的事，沒有必要做。

記得一位南非駐英記者想採訪白金漢宮的年度夏季開放活動，新聞連絡人員明白告訴她，南非不是他們行銷的重點國家，她的採訪順序被放到後面，這就是典型的英式思維，有利益一切好談，否則免談。

海外記者的成長之路

隻身一人在海外奔波奮鬥，特別感謝當年駐英代表處新聞組組長陳天爵與祕書黃炎霖的鼎力相助，尤其總社要求我必須到現場採訪參加溫布頓網球賽的台灣選手，熱愛網球的黃炎霖傾囊相授職業網球專業知識，使我能快速掌握觀賽重點，達成採訪任務。

隨著科技進步，在海外擔任特派員，不僅要採訪寫稿，也要拍照，之後並被要求要做影音新聞，和台灣其他媒體相比，中央社特派員的工作量遠高於同業，不過也因為中央社在全球各地的影響力，採訪到的獨家新聞瞬間被海內外媒體刊登使用，這種成就感，實為過癮。

中央社邁向100年，是重要的歷史里程碑，很榮幸也很感恩，在中央社海外工作的日子，大開了我的世界觀，使我的人生充滿回味無窮的精彩故事。|◯◯

黃貞貞2014年採訪溫布頓網球賽留影。（黃貞貞提供）

瞬息萬變的新聞大時代
以判斷力迎戰

陳正杰

中央社副社長，曾任駐象牙海岸記者、西歐分社記者、華盛頓特派員、國內新聞中心副主任、大陸新聞中心主任、國外新聞中心主任、兩岸暨國際新聞中心主任、總編輯

　　記者要跑出重要的獨家新聞，需要相當的運氣，但這樣的運氣，比較可能發生在勤快的記者身上。這裡說的勤快，不僅是要到現場採訪，還包括多吸收知識、時時留意新聞，並且勤於思考，始終做一個勤於採訪和動腦的記者。

　　我在1984年11月加入中央社，40年的新聞生涯中，主要的亮點是2003年美伊戰爭爆發前隨美軍採訪，成為短暫的戰地記者，並且在3月20日凌晨領先全球媒體，報導了美軍對伊拉克開火的消息。詳細過程，已經寫在中央社2011年出版的《跑在新聞最前線》一書當中。這篇文章裡，我要談的是記者憑藉著經驗與思考培養判斷力的重要性。

領先全球報導美伊戰爭　正確判斷成關鍵

　　作為新聞工作者，判斷力是最需要也最有用的能力之一。記者要能夠在事情剛發生或乍聽到某個消息時，立刻分辨出輕重緩急，並決定處理的方式，包括是否在官員做出宣布或發表評論之後當場追問、是否要搶發短稿以及可否或應否幫讀者解讀這條新聞的意義等等。我在2003年3月15日以隨軍記者身分登上美國海軍小鷹號（USS Kitty Hawk）航空母艦，5天後之所以能夠發出那則全球領先的消息，完全是因為一次事後證明為正確且關鍵的判斷。

　　美國在為攻打伊拉克做準備時，破例讓國內和國際媒體報名隨軍採訪，有記者隨行的軍事單位除了要作戰，還要照顧記者的安全

1

1
美軍中央指揮部發給
中央社隨軍採訪記者
陳正杰的識別證。
（陳正杰攝）

2
小鷹號航空母艦飛
行甲板一景。（陳正
杰攝）

及生活與工作需求，不時傳出摩擦的消息。在空間有限的軍艦上，突然多出少則幾名、多則數十名新聞採訪人員，對接待單位來說無疑是個挑戰。我登上小鷹號時，艦上已經有來自美國、歐洲和日本等國的近20名記者。過了兩天，新聞官來跟我說，我應該轉到在附近海面擔負航母護衛任務的「考本斯號」（USS Cowpens）巡洋艦。

　　我從華府出發前收到五角大廈的信函，上面清楚寫著我的隨軍採訪單位是海軍小鷹號航空母艦，我因此大可拒絕，堅持留在艦上。但由於我在華府主跑政治與軍事新聞，平常就會關注軍事消息，從1991年波灣戰爭的諸多報導和檢討，我知道「戰斧」（Tomahawk）巡弋飛彈在美軍開戰時所扮演的鋪路角色，而美國航空母艦並不配備這項武器，因此我把握住機會，收拾好行李便搭乘直升機轉往考本斯號。

　　也因此，當考本斯號奉命在波斯灣時間3月20日凌晨近5時發射戰斧飛彈時，我才能在對的時間，幸運站在對的地方，把後來才知道是全球領先的消息立刻發回台北。這是利用經驗與思考做出正確判斷的重要實例，而在後來的生涯中，判斷力也曾多次幫助我設想議題，做好採訪和報導的先期準備。

1
考本斯號巡洋艦
2003年3月21日晚間
再次發射13枚戰斧飛
彈，攻擊伊拉克境內
的目標，一枚飛彈從
艦尾發射後，火光照
亮艦身和水面。（陳
正杰攝）

2
領先全球報導美伊
開戰消息，陳正杰
（右）2003年12月3
日獲頒卓越新聞獎。
（蘇聖斌攝）

我在2003年3月10日從華府出發前往波斯灣地區時，社方一再叮囑如果得知開戰的消息，要馬上發回一段短稿，但我沒有料到自己會處在美軍發起第一波攻擊的位置上。那是一次可遇不可求的特殊經驗，也就因為這次的報導，為中央社贏得第一座卓越新聞獎。

賀電事件致夏馨去職　敏銳覺察再獲獨家

2004年美國在台協會（AIT）理事主席夏馨（Therese Shaheen）因賀電風波去職，也是記者因「正確判斷」而取得獨家新聞的實例。

2003年夏天，總統陳水扁開始推動公投綁大選，中國唯恐台灣舉辦公投的前例一開，未來獨立也可能成為公投的議題，因此透過美國向台灣施壓。同年11月，陳總統出訪中美洲時過境紐約期間，在AIT理事主席夏馨陪同下會見僑界並乘船遊哈德遜河，更破例允許媒體採訪，讓陳總統在過境時超級風光。因為公投的話題，美國對扁政府原本已有不滿，夏馨在處理陳水扁過境時的表現，被華府政策圈批評為脫稿演出，令華府對台灣傳達的訊息發生錯亂。

2004年總統大選發生三一九兩顆子彈事件，讓不少藍營支持者憤恨難平，連續幾天走上凱道抗議，中選會在3月26日張貼陳呂當選公告，當時夏馨搶在白宮之前對陳水扁當選連任表示祝賀，再次引發爭議。在當時美中台關係的氣氛下，我好奇這是否可能導致她下台，於是詢問曾在行政部門任職的美國智庫友人。果然，事隔一個星期，這位朋友在相關公文走完程序後，在4月2日告訴我結果。我得到消息時，正陪著前來華府視察的社內長官，我在通報讓長官知道的同時，立刻把消息報回總社。

此事在4月7日獲得官方證實。美國國務院那天發表聲明說，夏馨已經以書面方式向國務卿鮑爾（Colin Powell）請辭。這個日子離她接任AIT理事主席一事宣布的時間（2002年12月）不到1年半。

新聞是有脈絡而且持續演變的，如何從中培養判斷力？第一是比報，在自己報導某個新聞事件後，觀摩新聞前輩如何處理同一則新聞，經由比較、思考來學習和精進；第二是累積經驗，在採訪過程中的經歷和觀察，都會幫助記者產生觀點，藉以看得更遠，預判新聞的下一步發展。

14年外派生涯　見證台灣國際形象提升

記者生涯中，我認為值得分享的另一個心得，是幸運在國外看到台灣國際地位和形象大幅提升。孔子有句話說：「不患人之不己知，患不知人也！」這句話反過來說，就是只要自立自強，追求卓越，人家自然就會知道你的能耐。這道理不僅適用於個人，也適用於企業和國家。我在中央社工作這40年期間，兩次外派共約14年，目睹台灣成為這句話活生生的見證。

1989年6月，我從首次外派地點象牙海岸港都阿必尚（Abidjan）調到英國倫敦，發現位在騎士橋（Knightsbridge）鬧區的著名百貨公司Harrods掛著中華民國的國旗，這顯然是因為在那些年，台灣的外匯存底在全球排名第二，台灣民眾出國旅遊經商的人數大增，而且購買力旺盛，倫敦、巴黎的百貨名店和瑞士的鐘錶公司，台灣顧客絡繹不絕。

如果在1980年代，台灣展現的是之前數十年勵精圖治獲得的經濟成果，那麼在1990年代至今，台灣給世人印象最為深刻的事情，莫過於從經濟發達走向政治民主化，因而在國際民主社會大受歡迎與肯定。進入21世紀的第二個10年，台灣更因美中角力以及全球供應鏈重整格局下的戰略地位，而廣受全球關注。

1998年1月我第二次外派，這次駐點是全球政治新聞中心所在的華盛頓。到任不久之後，一位國會議員告訴我，雖然美國於1979年和中華人民共和國關係「正常化」，但美國跟一個由共產黨專制政權所統治的國家之間「關係永遠無法正常」。

1999年初某日上午，我依約前往拜訪華府一家小型顧問公司負責人包道格（Douglas Paal，亞太事務專家，曾於2002至2006年擔任美國在台協會台北辦事處處長），出門之前，我照例先上網瀏覽中央社社稿以及台北兩家晚報的新聞。

那一天的主要新聞，是台灣與南斯拉夫分裂後獨立的新共和國馬其頓（Macedonia，現稱北馬其頓共和國）建交。進到包道格的辦公室之後，我馬上跟他分享這個消息。他的反應是：「你們又來了！」

他不認同台灣與中國互挖邦交國，跟某個國家建交沒多久，那個國家便選擇接受中國的好處，轉而承認北京。他說，台灣在外交上應該要做的，是要「發展出一些強項」，他用的字是centers of excellence，就像世人一想到瑞士，就想到湖光山色與世界一流的手錶、巧克力和藥廠。

果然，台灣跟馬其頓的邦交只維持了兩年。台灣前後提供數千萬美元的援助與貸款，而在邦交期間，台灣的大使始終未能呈遞到任國書。

幸好台灣夠爭氣，如今不像過去常被外國人誤以為是泰國。儘管中共政權不願在任何國際場合見到台灣的名號，但因為有世人稱羨的全民健保制度、台積電和成功的防疫，台灣受到國際媒體關注的程度和美國等進步國家支持台灣的力道，都是中華民國政府遷台以來所僅見。

國際局勢變動萬千　新聞工作大有可為

在美國積極與中國交往的那些年，美方和台灣有些人常說美中台關係不是「零和遊戲」，美中、美台和台海兩岸關係都可以穩定健康地發展，如今看來並非如此。美國和其他西方國家發現，雖然努力跟北京交往數十年，希望中國能融入以規則為基礎的國際秩序，但中國政治體制是一黨一人專政，在國內不用對人民負責，在國際上可以對鄰國張牙舞爪，中國國家主席習近平在鞏固自己的政治地位之後，更展現企圖建立以威權為基礎的另一套國際秩序的野心，終於演變成當今全球新冷戰的形勢。

這個新的形勢如何演變，攸關台灣乃至於全球民主的前途，因此這可說是「新聞的大時代」，在這個時代從事新聞工作，特別是主跑外交、國防和政治路線的記者，辛苦是一定的，但這也是新聞機構和從業人員可以大有作為的時代，希望中央社記者能把握時勢，再創新局。｜◎◎◯

從手工到數位
攝影記者百年傳承

鄭傑文

中央社數位新聞中心
攝影記者,曾任國內
新聞部攝影組組長

我們多麼有幸經歷公元2000年、中華民國100年,現在又與中央社共度成立100週年。我1993年進入中央社,工作30多年,換來豐富的人生閱歷,也見證了攝影記者傳稿方式的演變。

回顧重大災難現場　空難印象尤深

攝影記者必須親臨現場拍攝畫面,這段職場生涯最恐怖的經歷就是災難現場。1994年4月26日名古屋空難時,我還是個駐守機場不到一年的菜鳥記者,臨危受命飛往名古屋空難現場採訪,緊急到連換洗衣物都是老婆送到機場給我。

當時日本對媒體管制非常嚴格,位於體育館內的遺體安放現場更不得其門而入,透過日本特派記者張芳明的幫忙,我拆掉相機的專業配備(捲片器),只帶一個機身(FM2)、一顆鏡頭(手對焦50mm),陪同一位找不到遺體的家屬進入認屍間,現場大部分遺體已裝入棺木排列整齊,但為方便辨認,面容部分是透明玻璃,我跟著家屬看遍200多具大體遺容,其中有10多具被燒得面目全非,更是怵目驚心。過程中還得偷偷舉起相機拍攝現場照片,工作時因全神貫注,完全不覺得害怕恐懼,直到晚上閉上眼睛後壓力才突然爆發,腦中一直浮現各式各樣罹難者的遺容,遲遲無法入睡。

　　5天之後，一起回台的罹難者骨灰及家屬坐滿經濟艙，我因此人生第一次搭頭等艙，但這段經歷在心裡留下很大的陰影，我一直不願再回想，甚至連看到「名古屋」3個字都覺得不舒服。直到2023年，覺得應該在退休前卸下障礙，才在全家人陪同下飛往日本名古屋旅行。

　　因為名古屋空難的震撼教育，讓我提早適應各種災難現場。1998年2月16日，我看到電視跑馬燈指有飛機降落時衝過桃園機場圍牆，心裡馬上知道「事情大條了」，也猜想之後可能會封路管制，因此和攝影組同事吳繼昌、王飛華等人兵分三路前往現場，沒想到我是第一批抵達空難現場的記者。

　　當時飛機一路越過馬路後爆炸，並波及民宅引燃大火，現場一片熊熊紅光，空氣中瀰漫著非常濃的汽油味、焦味，且由於衝擊力道過大，到處都是衣不蔽體、殘缺不全的遺體，有些甚至掛在牆上，宛如人間地獄。而偌大的現場因消防人力不足，完全沒有管制，我在遍地屍塊、滿地血跡的現場穿梭找尋飛機殘骸，提醒自己小心別踩到罹難者的屍塊，足足待了近一小時才離開，趕回公司沖片發稿。後來支援的警消趕達封鎖現場，我因此成為中央社唯一、業界少數曾經進入大園空難墜機現場的記者。

　　而在1999年九二一大地震時，我在趕赴倒塌的東星大樓、新莊「博士的家」拍攝後，連夜直奔南投災區，與同行夥伴攝影記者郭日曉帶著沖片器材打算就地發稿，無奈災區停水停電，顯影劑無法加熱，珍貴的災區照片不能有半點風險，拍攝3天後，我們只能返回台北發稿。

沖片傳稿純手工　練就水電工夫

　　現在的年輕人很難想像，早年沒有筆電、數位相機的年代，攝影記者出國採訪總要帶上2個30吋的大型行李箱，一個用來裝行李、另一個用來裝暗房設備，包括沖片罐、底片卷、顯影定影藥水、溫度計、暗袋碼表、加熱棒、吹風機等各種沖洗照片的設備，還有一台重約10公斤的底片傳真機。飛機行李限重32公斤，攝影記者行李動輒超過40公斤，都必須使用同行文字記者的行李額度才能過關，否則超重的補繳金額都是數萬元起跳。

　　忙完辛苦的採訪後，攝影記者的重頭戲才要開始。先要將底片沖洗出來，通常攝影會找個最陰暗的角落（通常是旅館廁所裡），關燈利用暗袋將底片捲進捲片器再放入沖片罐，然後要經過顯影及定影兩道手續，不僅要用加熱棒將顯影藥水加熱到36～38度，還要把倒入顯影藥水的沖片罐放在裝滿熱水的洗手台保溫，這時時間是關鍵因素，要按碼表計時，等倒出顯影劑後，再重複步驟倒進定影劑，將底片取出在浴缸沖冷水至少5分鐘，之後就像電影中常見的場景，將底片用夾子掛起來，利用吹風機吹乾底片。

　　這個沖洗的過程，大部分在全黑的情況下進行，攝影記者必須熟練到可以閉著眼睛操作全部器材，直到取出底片才知道成敗與否，這是最為緊張的時刻。有沒有失敗過？當然有！當底片要從沖片罐取出來時，我們都是一口佛號、滿心虔誠，這一翻兩瞪眼的剎那最是恐怖緊張。

　　底片成功沖洗後，任務才完成一半。接下來要把大又笨重的傳稿機器（AP Leafax）架設起來，利用電話線將掃描底片的訊號傳回電通部。我們須把旅館電話線拔出來插進傳稿機器，有時必須剪斷電話線將線接出來，接好後還要看當地

3

訊號品質才有可能接通台灣終端接收機，將選好的底片掃描傳訊，一張至少要20分鐘，如果要傳彩色，要傳CMY訊號，花費至少60分鐘。這時期的攝影記者除了攝影專業也需要一點水電常識，如何將電話線接進機器、找出最佳電信訊號源、拆掉電話盒子拉出電話線，都變成當時最拿手的工夫。

　　傳稿機器好不容易跟台灣連線就緒，攝影記者還要確保傳稿時不能有干擾源，否則就要重傳。常常旅館總機人員覺得我的電話都沒聲音，會插話進來關心或直接切斷訊號，當下真的會想拿刀砍人。當年在國外成功傳回照片，平均電訊費用成本至少100美金起跳，可見有多麼珍貴。

　　出國採訪除了傳稿有被電話總機人員干擾的風險外，還有安全風險，被荷槍實彈的警衛人員保護的國家，印象較深的有海地、俄羅斯、哥倫比亞、宏都拉斯等國。1995年出差哥倫比亞卡利（Cali）採訪太平洋運動會時除了持槍安全人員陪同採訪外，同業《中國時報》攝影記者吳恭銘採訪柔道比賽，回程時遭武裝游擊隊封山封路，在另一城市受困3天才返回卡利。後來才知道卡利是哥倫比亞毒梟大本營，鄰近山區則是游擊隊根據地。

3
九二一大地震導致新莊「博士的家」大廈倒塌，除了揚起巨大塵煙，空氣中還瀰漫著刺鼻的瓦斯味。
（鄭傑文攝）

4
1995年6月24日，第一屆太平洋運動會在哥倫比亞卡利開幕，中華隊進場。
（鄭傑文攝）

4

從數據機到PHS　為傳照片不計代價

到了1997年，傳稿方式是將底片用Nikon CoolScan掃描輸入電腦，最高可以掃描到1000萬像素，雖然還是要沖洗底片，不過出差時攜帶的傳稿設備重量已經減輕一半。傳稿方式是外接數據機（Modem），網速只有4800／9600／14400bps（現在寬頻網速100M起跳），接電話線連接電腦來傳送照片，數據機的品質攸關傳稿的成功與失敗。

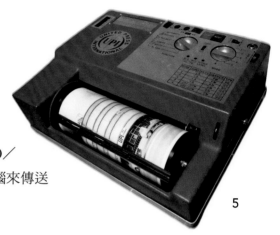

5

1998年7月莫斯科的第一屆世界青少年運動會，我的傳稿順利正常，但同業都因數據機不能連線，無法傳照片回台北，於是每天在我房間門口排隊將照片傳回中央社電通部，再由各報信差來中央社取回照片完成發稿任務。這時中央社成了名符其實的中央「通訊社」！

1998年12月曼谷亞運時已進步到可以用筆電透過數據機連接手機傳稿，不用再拆電話線，當時使用行動電話Sony Ericsson 888和筆電連線，接通電訊室的收稿終端機後即可傳稿，因為是用國際電話訊號連線，因此費用高昂。筆電和手機連線是現在的日常，卻是當年最進步、最高端的傳稿方式。

1990年代從國外傳回照片是非常辛苦的事。常因電信訊號不好，跑到我國大使館使用大使的直撥電話，駐外人員當年陪攝影記者傳稿到三更半夜更是稀鬆平常。攝影記者為了把照片傳回台北是不計代價的！

2001年5月，大眾電信PHS低功率行動電話服務開台營運，相較於一般GSM手機，不但能提供64Kbps無線數據傳輸且費用較低，這時期攝影記者幾乎每人配發一支PHS手機，即時發稿成為攝影記者的日常。

2008年6月12日，兩岸兩會在北京釣魚台國賓館重啟中斷近10年的會談，江丙坤、陳雲林會面的歷史性照片，我在會後20分鐘之內，利用PHS手機連接筆電與台北總社終端機直接連線（類似FTP方式，終端機利用電信訊號，FTP利用網路），發回全台灣第一張會面照片。

另外一提，1997年中央社為了代表台灣媒體採訪香港回歸，採購了第一台數位相機Canon Kodak DCS3，這台相機是以Canon專業級機型EOS-1N為基礎發展，具備130萬畫素，配置260 MB儲存卡，當時定價約新台幣60萬元。

由於事出突然，台北總社緊急匯款到香港分社，在香港出差的攝影記者郭日曉就抱著鉅款在大街攝影器材行，買下中央社第一台專業單眼數位相機，中央社至此正式進入數位發稿時代，郭日曉也成為本社用單眼數位相機拍攝數位照片第一人！

這台Canon Kodak DCS3也在九二一大地震時發揮了即時發稿的功能，攝影記者王飛華、孫仲達將災區慘況第一手報導傳回總社，只可惜僅有130萬畫素，比起底片掃描低劣太多，終究是不得已或緊急情況才會使用。

數位時代　運用科技可隨時發稿

2002年，攝影組全面換發Canon EOS-1D數位相機，約415萬畫素、使用CF卡。這個時期開始，攝影記者用數位相機拍攝數位照片後，搭配筆電連上網路就可以發稿，出差變成只是異地發稿，機動性、即時性大幅提升。

近年隨著數位技術、網際網路發展，智慧型手機普及，照片傳輸變得更加便利，攝影記者還可以利用短訊息、社交媒體應用程式、即時通訊工具等在移動中完成發稿。2015年第二季，中央社由資訊中心建置手機專用發稿系統，相機只要和手機連線選取照片並在手機上編輯後，直接用手機發稿，連筆電都不用打開。

科技的進步讓攝影記者工作變得迅速即時，隨時處在搶時間的高壓環境，而攝影設備功能的精進更降低攝影技能的門檻，變成可以人人都是目擊者、人人都是記錄者、人人都是記者！

5
滾筒式黑白發照片機，中央社約在1982～1995 年用於國際間遠端傳送黑白照片，兼具通話功能。

6
中央社攝影記者早期使用的Canon EOS-1N底片相機。

6

易裝闖入伊洛瓦底江
泰緬現場目睹沸騰民意

林憬屏

中央社影音中心副主任，曾任駐曼谷記者、國外新聞中心副主任、國際暨兩岸新聞中心副主任、商情新聞中心記者

2008年5月2日，緬甸發生了一場史上最嚴重的天災，那時我才剛派駐泰國曼谷不到一個月，還在摸索採訪環境、建立人脈，這場天災讓我更快進入外派的工作狀態，天天盯著最新消息，密切追蹤災情。

超過10萬人死於強烈熱帶氣旋納吉斯風災，當時的緬甸受到軍政府高壓統治，與國際社會隔絕，使得外界救援無法及時進入災區。曼谷媒體圈高度關注災情，但外媒申請緬甸記者簽證困難重重，以致這場天災欠缺即時深入的報導。

聯合國曼谷亞太總部幾乎天天在泰國外籍記者俱樂部（FCCT）舉行說明會，向無法進入緬甸的媒體說明救災狀況。我那時經常到FCCT聽取聯合國簡報，記者之間也常常討論如何進入緬甸採訪，有的國際媒體在緬甸有雇員，風災初期即有一手報導傳回，但大多數外籍記者很難申請到記者簽證，而遙遠的重災區伊洛瓦底江三角洲，更是少有媒體能前往報導。

闖入伊洛瓦底江　採訪災民受災狀況

風災過後將近一個月，許多災區仍待救援。我決定申請觀光簽證前往緬甸災區一探究竟，在取得社內同意後，聯繫了台灣慈善團體，希望隨他們緬甸籍的人員一同前往伊洛瓦底江三角洲災區，他們賑災，我也去捐款並進行採訪。

緬甸在1962年軍事政變後即受軍政府統治，多年來遭到國際制裁，對外封閉的程度堪比北韓，但仍有一定程度的民間貿易及觀光活動，除了早年從中國撤退到緬

甸的華僑外，還有一些台商留在緬甸發展，當地也有不少台灣情報人員活動。為了入境採訪，我經由一位資深同業介紹當地人脈，他們協助我安排行程並讓我順利進出仰光機場，避免機場人員無謂的檢查，確保行李中的單眼相機安全出關。

當時，外籍記者被遣返出境的情況時有所聞，經常到緬甸採訪的同業告訴我，只要不去採訪政治活動，基本上應該不會遭到遣返。所以我把採訪重點放在災後救援與重建，前往伊洛瓦底江流域則是此行最終目的地，且不對外界透露記者身分。到了仰光後第一個行程是去郊區看看東協（ASEAN）援助的災民狀況，接著便在慈善團體的緬甸成員協助下，前往伊洛瓦底江三角洲災區。

漫長船程　目睹災民家園破碎

從仰光到伊洛瓦底江重災區之一的伯格雷鎮（Bogale）必須乘船而下，外籍人士無法買票搭船，但因緬甸華人眾多，我穿上緬甸筒裙特敏（Tamane），在臉上塗上檀娜卡（Thanaka，黃香楝木製成的粉），看上去就像一般的緬甸女性。在緬甸人員的協助下，我跟我的翻譯和他們一起搭上了渡輪，傍晚上船，在夜色中開了12小時才抵達伯格雷鎮。

當晚我們下榻當地村長家，由於緬甸基礎建設不佳，缺電是常態，風災過後水電更加短缺，村長住家後方有一漥池塘，他們從池塘裡抽進來的水帶著黃澄澄的泥沙，直接提供家用，而晚上則利用發電機短暫供電，入夜後便早早熄燈，整個村落陷入一片漆黑。

隔天，慈善團體帶來的救援物資被運上機動漁船，漁船開進伊洛瓦底江三角洲支

林憬屏抱著緬甸受災家庭的孩童。（林憬屏提供）

流的各個村落,從鎮上到村落的船程就花了3、4個小時,岸邊經常可見一兩具人類或動物的遺體,許多村落原有的房舍已被洪水沖走,三角洲上不少土地只剩下茅屋的竹子支架。那時距離風災過去近一個月,逃離的村人又重回家園,村民索明帶領我們隨漁船回到他的村子。慈善團體捐獻物資,我也把台灣的泰文老師託付我的捐款發給村民,同時進行採訪。索明一家人的風災經歷就成了系列報導的第一篇。

伯格雷鎮災後有聯合國救援組織駐點,我跟著緬甸慈善人員到鎮上走走,被特別叮囑不要把相機拿出來拍攝,以免造成誤會。到了災區,僅剩災民守著家園,所以拍照採訪並未受到限制,但因記者身分敏感,我並未讓受訪者得知我的實際職業,報導中的圖文也盡量避免讓受訪者曝光,最後並以不具名的方式發出系列報導。

拒絕同行者邀約共餐　成為遺憾

為了避免水土不服,我沒有用村長家後面池塘的水洗澡,同行慈善團體人員在船上熱心邀請我一起用餐,我也婉拒了,只以麵包果腹,因擔心飲食習慣不同造成身體不適影響採訪。日後回想起這段經歷,我總是感到有些遺憾,他們熱心助我,我卻未能熱情回應。

結束伯格雷鎮的行程後,依舊要搭乘12小時的渡輪返回仰光,原本跟去程一樣訂到了包廂,卻在卸下行李時被告知有更重要的人物需要包廂,請我們另外找位置落腳,我們一行只好在甲板上席地而坐,十分克難。令人難忘的是,離我們不遠處有一個家庭正帶著罹病的家人要到仰光治病,病人也只能艱辛地躺在甲板上,忍受著河浪搖晃,撐著病體一夜才抵達仰光。

這趟採訪,同行者只知道我是個前來捐款的台灣人,一路上的採訪記錄貌似為了讓捐款人了解災民的真相,實際上是記者的現場直擊。村民指路,看到當地人在破碎的家園前守著所剩無幾的家當,一無所有,正是災後援助匱乏的最有力見證。

此行採訪焦點只在災區,最後順利完成任務,但我的韓國記者友人就沒有這麼

1
在殘破的房舍裡向災民了解風災狀況。（林憬屏提供）

2
台灣慈善團體緬甸人員前往賑災，在村中發放白米。（林憬屏提供）

幸運。她在我返回曼谷後也入境緬甸，只是她選擇去採訪緬甸民主領袖翁山蘇姬政黨的一場活動，當晚即被緬甸政府調查，隔天遭到遣返。

在軍方高壓統治下，緬甸沒有新聞自由，流亡海外的緬甸媒體透過各種管道報導實況，而國際媒體除了想辦法入境取得第一手報導外，大多數只能報導二手新聞。當時只有持續性的關注能讓國際社會聽到緬甸災民的呼聲，然而軍方有條件地接受外援，災民最後能得到多少援助就不得而知了。

重返緬甸採訪補選　唯一台灣記者

2012年我再次回到緬甸，這次不只申請到了媒體簽證，還見證了緬甸60年來的第一次大改革。

2008年風災重創後，緬甸軍政府仍舉行憲法公投，災情還未緩解，軍方已宣布新憲法通過，並於2010年11月7日舉辦大選，由於翁山蘇姬的政黨全國民主聯盟（NLD）抵制大選後又被政府解散，軍方主導大選並贏得勝利，親軍方政黨在國會取得多數席次，組成半文人政府，2011年2月4日總理登盛被國會選為總統。

這次選舉不受國際社會認可，民主陣營普遍認為緬甸軍政府並非真正想要走向民主化。選舉後6天，被軟禁多年的翁山蘇姬獲釋，緬甸半文人政府此舉打破各界眼鏡，之後更宣布2012年4月1日舉行國會補選，翁山蘇姬也獲准參選。

緬甸要打開大門了，每個派駐曼谷的記者躍躍欲試，但能不能拿到簽證是一大挑戰。我原本想在選舉前一個月先到緬甸採訪，但遞出的簽證申請遲遲沒有下文，後來向幾位熟識的外籍記者探詢狀況，2月底重新遞出申請，把重點放在國會補選，遞件後同時電郵給緬甸資訊部登記，經過緬甸政府篩選，終於拿到記者簽證，原本社內希望駐越南的記者方沛清也能一同前往，但他沒有申請到簽證，我則成為唯一一位前往緬甸採訪補選的台灣記者。

緬甸民主路顛簸　政變退回原點

2012年4月再度回到緬甸，感受全然不同，而這一切全繫於軍政府要讓國家走到什麼方向。這次終於可以自由採訪，在緬甸記者友人的協助下，我採訪了翁山蘇姬政黨的議員、投票所、民眾，並隨著翁山蘇姬座車前往她在仰光西南部的高穆選區，一路上看著民意沸騰，晚間翁山蘇姬與選民見面，氣氛達到高潮，由於緬甸友人消息靈通，我拍到了民眾高聲呼喊的熱烈氣氛，也捕捉到出現在陽台上與民眾說話的翁山蘇姬，有的外媒趕到時已經錯失這寶貴的一刻。

由於緬甸基礎設施落後，我白天一路採訪的文圖影音都無法傳回台北，為了能盡快完成任務，我在返程的車上不斷工作，請翻譯聽攝影機的影片協助翻成中文，我因為腎上腺素亢奮，一路顛簸並不覺得疲憊，但翻譯聽完時已經暈車作嘔了。

6天採訪結束後，我在離開仰光之前，走在街上看著大樹、小販等街景，心裡想著，緬甸要改變了，眼前的景象也許十年後都成了高樓大廈。然而，緬甸民主之路並不順利，緬甸軍方2021年2月發動政變，不承認2020年議會選舉結果，引發了大規模抗爭，最後遭軍方鎮壓告終。

政變手段雷同　彷彿泰國民主輪迴

緬甸軍方的民主、政變手段，似乎在模仿泰國的民主模式，只要選舉結果不符合軍方期待，便以對手舞弊為由發動政變。

支持泰國前總理戴克辛的紅衫軍2008年12月28日在皇家田廣場大集會，反對剛上台的民主黨新政府。（林憬屏攝）

　　緬甸風災是我派駐曼谷後採訪的第一件重大新聞，當時沒想到的是接下來的6年，泰國政治動盪會成為我特派生涯的重中之重。先是黃衫軍抗爭，2008年占領總理府後又占據機場，登上全球頭條；接著紅衫軍走上街頭，2010年4月10日、5月19日兩次流血鎮壓一樣是世界焦點；國會大選在這段期間仍舉行，但選出新政府後，反對派再度上街，直到2014年5月軍方發動政變，以選舉無效為由推翻民選政府。

　　那段時間，我常常要上街採訪抗議活動，平常會戴上安全帽避免意外但不能防槍彈，有時候會掛著蛙鏡或毛巾以免遭遇催淚瓦斯，在衝突發生時也時常提醒自己快速拍照採訪，盡快離開現場，避免夾在抗爭者與軍警之間。但真正在示威現場採訪時，有些風險無法完全避免，紅衫軍4月驅離行動，路透社日本攝影記者被槍擊中身亡，5月軍方鎮壓當天，一位義大利記者殉職。其實只有離風險越遠才越能夠保命，但越接近前線才能拍到好照片、才能更深入採訪，所以要保持多近的距離，考驗的是記者追求真相的渴望。

受暴婦女到內戰難民
印度和土敘現場紀實與火花

何宏儒

中央社國際暨兩岸
新聞中心編譯組副主
任編譯，曾任駐新德
里記者、駐安卡拉記
者、商情新聞中心財
經組組長

2023年8月23日晚間，電腦螢幕串流直播著印度探測器成功登月，畫面切換到當時在南非參加金磚峰會的印度總理莫迪揮舞三色國旗慶祝的歷史時刻。這個在國際新聞報導中仍無法擺脫貧窮落後標記的南亞國家，正在開創人類太空探索的新紀元。儘管離任印度特派員已久，坐在中央社台北總社編譯組辦公桌前的我看著畫面，竟也跟著心潮澎湃，眼眶溼潤。

從中央社的「北非計畫」變成外派印度

當記者是我學生時代的夢想，到國外當記者是我成為記者之後的夢想，這兩件事在我進入中央社後竟然可以同時達成。

2009年夏季，原本是財經組記者的我被調到編譯組為外派作準備。第一次和陳申青社長見面時，他把早安財經講堂書系之一的《黑暗大布局──中國的非洲經濟版圖》交到我手上，囑咐我「好好研究」。

「我們準備派你去北非，」他這麼說。至於是哪個國家，他表示「還在討論」。

接下來幾個月，我為即將成為中央社首位駐北非特派員作準備，儘管不知道自己即將落腳埃及、摩洛哥，還是利比亞。到了當年秋天計畫改變，我的派令上寫著新德里特派員，2010年1月10日人生第一次飛印度，一待將近6年。

莫迪宣布「印度現在登上月球」那個晚上，我為印度這個新興國家的榮耀一刻

感到與有榮焉，但又很難不去想起德里街頭十字路口的乞童、公車輪姦案被害人達米妮、跨不過階級藩籬而勞燕分飛的愛侶、淪為高種姓男人禁臠的賤民女孩，以及作客全村沒有一間廁所的印度鄉間景象。

　　我在新德里還曾遇見前去布局大投資的鴻海董事長郭台銘、專程請求大寶法王噶瑪巴開示的演員梁朝偉。我跟印度出身的諾貝爾和平獎得主很有緣分，曾是達賴喇嘛政治裸退後首場專訪全球4組記者之一，後來又在印度各地多次採訪法王。2015年，我把當屆和平獎得主沙提雅提邀請到台灣，留下沙提雅提與同為諾貝爾獎得主的李遠哲合照的獨家畫面。回頭看14年前的往事，我覺得能以印度打開外派旅程是非常幸運的事。

中央社恢復安卡拉駐點　中國抗議下即刻赴任

　　2017年夏季，我獲得第二次外派機會。張瑞昌社長決定恢復已14年不曾派人的土耳其安卡拉駐點，他告訴我，當敘利亞內戰、阿拉伯之春風起雲湧，「中央社在中東卻沒有派記者」。他認為，國家通訊社必須補強當地駐點人力，「跟上國際新聞脈動」。

1
2011年3月10日達賴喇嘛（前排左3）宣布政治裸退，何宏儒（前排左）和路透社、法新社、Times Now電視台成為全球首批訪問法王的媒體。（何宏儒提供）

2
何宏儒於COVID-19疫情期間在安卡拉市醫院採訪。（何宏儒提供）

2018年夏季我得到派令後，時任土耳其駐台代表巴沐恩、台灣駐土代表鄭泰祥都極力促成此事，本案很快就獲得土耳其總統府批准，我於是準備於11月底台灣地方選舉投票後出發。沒想到，社方於同月13日得知，中國針對中央社恢復安卡拉駐點一事向土耳其進行外交抗議，於是我當天深夜接獲「即刻赴任」的命令。

事不宜遲，幾小時後天一亮，我便請好友們分頭幫忙採買日用品、大同電鍋、常備藥等，並且十萬火急地跟巴沐恩辦公室聯繫記者簽證事宜。14日上午10時，我在他的辦公室裡還沒喝完咖啡，幕僚就送上熱騰騰的簽證，巴沐恩還給我免簽證費優待，這才大勢底定。我心想「當天晚上一定可以飛了！」趕緊繼續採購筆電、單眼相機和其他裝備。

其實，就連土耳其航空的機票，我都是在搭捷運時訂好的。14日深夜起飛後，當地時間15日一早我就降落安卡拉埃森博阿機場，距離社方下達「即刻赴任」指令不到40個小時。

兩次外派　兩座卓越新聞獎

駐印度和土耳其期間，我分別以「達米妮之死」和「穿越土敘邊境」專題各獲得一座卓越新聞獎國際新聞獎，前者為電視類，後者則是不分媒體類。兩套專題的進行方式迥異。

駐印度後，除了處理即時新聞，我還自我要求不定期推出成套的文字專題報導。與此同時，中央社在我派駐印度的2010年開始發展影音新聞。我因入社前曾為品質要求特別嚴格的公共電視台製作節目，對影像處理頗有心得，特別喜歡拍攝影音新聞。中央社可能因此留下許多與北印各地風土民情有關的影音紀錄。

印度達米妮案2013年9月13日宣判，聲援達米妮的民眾聚集法院外示威。（何宏儒攝）

2012年底，新德里發生巴士集體性侵害案「達米妮事件」，震驚國際，我奉台北編輯台要求而規畫一系列報導。這套專題按著我熟悉的傳統作法：先開出稿單和受訪者名單，再依規畫「照表操課」，去約訪、執行訪談、拍攝影音和撰文。

「達米妮之死」不只報導一起社會事件，而是針對女性在印度社會中的處境進行總檢討。於是，那之前3年我在北印各地蒐集的影音素材，這下全都派上用場了。加上當時針對達米妮事件在德里發生的追悼和抗爭，我幾乎每一場都有現場影像紀錄，使得這套專題報導的影音內容格外豐富。

幾年後我獲派土耳其期間正逢敘利亞內戰屆滿10週年，2021年2月、3月兩度參加土耳其總統府辦理的國際記者團前往敘利亞土控區採訪。敘北阿勒坡省阿夫林和阿薩茲兩次跨境行程是我20餘年記者生涯的全新體驗，這不僅是就進入一個還沒有結束戰爭狀態的地區採訪而言，在工作方式上也是如此。

土耳其總統府安排國際記者前往恐怖攻擊頻仍地區採訪，消息保密到家，即使參團媒體也只能事先被告知多次更改的集合時間和地點，對於當天行程安排、會在哪裡見到什麼人，我們全然被蒙在鼓裡，根本無從進行採訪規畫，只能到現場再見機行事、臨機應變。

同年5月，我隨土耳其海巡隊救援愛琴海難民時，同樣無法事先預知何時「海上有難民待援」、有多少人、他們的身世背景、有什麼值得報導的故事。當時我和翻譯得一直在海巡隊待命，直到緊急救難專線響起，隨即動身出海。

敘利亞和愛琴海的採訪行程都相當緊湊，抵現場後不但得立刻找到合適的受訪者，甚至得跟同業「搶」受訪者，透過翻譯進行訪談，腦袋在這期間得不停地轉動，轉出「新聞感」，理好採訪主軸和故事脈絡，同時還得拿錄音筆記錄並拍攝影音和照片，如果不是訓練有素，實在不容易有條理地完成工作。

現在來看，我覺得自己之所以能夠完成這種無法事先規畫的現場採訪，並且寫出還交代得過去的報導，可能因為土耳其是第二次外派，有了先前工作經驗的訓練和能量積累，才有辦法處理這樣的現場。

何宏儒2021年8月19
日在難民營與敘利亞
兒童合影。（何宏儒
提供）

在土耳其死裡逃生　異國生活磨難淬鍊處世哲學

在印度6年的生活充滿驚奇、異常充實，文化衝擊、環境和健康風險、官僚主義作風，在那當下自然是極大的「磨難」，但是能應對這些挑戰、克服諸多困難，絕對也是某種自我提升，讓我在往後的人生旅程受益無窮，而且「倒吃甘蔗感」非常強烈。

而我更幸運的，是成為「被印度選上的人」，這句話是我混跡印度那個年代，外派印度的台灣人圈子裡的說法，用來形容在當地沒吃壞肚子、沒遭遇飛來橫禍、沒被偷拐搶騙、能完成任務，而且活得逍遙自得的台灣打工仔。我就是這種人。

但我在土耳其遭遇人生第一場嚴重車禍。那是2021年農曆大年初五，也是結束第一次敘利亞跨境採訪時，開車返回安卡拉途中發生雪夜高速自撞，2個安全氣囊都爆開，車子撞擊中央護欄後彈開到快車道上原地打轉了不知幾圈後，奇蹟般地靜止。這一夜我死裡逃生。

印度加土耳其的9年3個月特派員生涯，為我開啟截然不同人生旅程，讓我練就「遇逆境處之泰然」的信念，以及更從容應對人生下半場的處世態度和哲學，這絕對值回票價、不虛此行。◎◎◎

天災現場跑新聞
莫忘設身處地

黃名璽

中央社國際暨兩岸新
聞中心編譯組編譯，
曾任駐東京記者、國
內新聞中心國會組記
者及組長、國外新聞
中心國際組編輯

從事新聞工作18年，因緣際會採訪過3起嚴重天災，分別是2009年發生在台灣的八八風災、2011年發生在日本的三一一大地震，及2016年發生在日本的熊本大地震，這些天災的共同點除了死傷慘重、改變了當地民眾對天災的態度與離災做法，甚至也改變了全世界對能源政策的立場。

八八風災　企圖心與同理心的拿捏

我曾經自問，跑過3起嚴重天災最大的感觸是什麼？答案是「企圖心」與「同理心」的拿捏。企圖心可說是每個記者都具備的心理條件，但不見得每個人都能擁有同理心，對我而言，這兩者不僅是相輔相成，也是互為因果。一般人面對天災時都能保有同理心，記者也不該例外。

八八風災造成當時重
災區高雄縣的聯外橋
梁斷裂，道路滿目瘡
痍，軍方只能透過流
籠將物資送達對岸。
（黃名璽提供）

八八風災總共造成681人死亡，其中小林村罹難者就多達474人，我初到災區旗山鎮（今高雄市旗山區）時，得知當地醫院的太平間因為沒有空間再容納遺體，只能將停車場作為臨時太平間使用，當下看著災民無可奈何及心急如焚的表情，我知道他們的內心是敏感的，也是脆弱的。

回顧我在八八風災獲得的採訪經驗，許多報導都是在耐心等待後完成。記得當時我透過軍方人士，得知一名女性公務員在其父親受困荖濃村時，利用Google Earth找出父親所在地的衛星定位座標並提供給國軍，最後順利救出父親，這段孝女救父的故事感動了軍方人士。我徵詢這名女性公務員，經過了數日等待，終獲首肯得到採訪機會，進而化為一篇充滿感情的人物稿。

「能等待就有收穫」，也可以說「能等就有得」，因此，我在災區待了一個多星期得到一個結論，如果企圖心與同理心牴觸時，堅持同理心優先於企圖心通常會為採訪者與受訪者帶來雙贏結果。

三一一大地震　不刻意追求的獨家新聞

日本在2011年發生震驚全球的三一一大地震，之後引發劇烈海嘯帶來嚴重災情，造成近2萬人不幸罹難，財損難以估算；世紀海嘯甚至導致影響全球各國能源政策走向的福島核災。

這次地震發生時跟八八風災一樣，我的身分都是國會組記者，再度臨危受命趕赴災區採訪，不同的是，有了前一次災區採訪經驗，我在出發前，已透過管道掌握到正在日本東北地方進行交流的台灣學術團，有兩名成員因為三一一大地震暫時失聯。

中央社當時因應這場世紀天災，除了駐地記者外，也從台灣派出兩組記者分別從東京及北海道進入日本，我身為前往東京的記者，抵達當地時已是入夜時分，透過關係得知除失聯成員外的台灣學術團成員已搭上遊覽車，正在返回千葉縣一處飯店的路上，所以立即動身前往東京附近的千葉縣。

我抵達千葉縣這處飯店時已是深夜，日本關東地方3月氣溫仍偏低，我跟著攝影記者兩人就待在飯店大門口外吹著冷風等候，在數小時後、接近清晨時，終於等到長途跋涉抵達飯店的台灣學術團遊覽車。

根據一般思維，身為記者應該在第一時間善盡職責進行採訪，但我回想起八八風災時，很多新聞都是用時間等待換來，同時也設身處地試想，如果我是學術團成員，現在該有多後怕及多疲累，所以在看到台灣學術團的帶團教授後，我表明自己的身分與來意，並特別強調，可以等教授完全將學生安排妥當，在適度休息後如果有時間且有意願的話，再接受我的採訪。

2017年11月16日，黃名璽（左）在日本東京巨蛋，採訪亞洲職棒冠軍爭霸賽，與吳念庭合影。（黃名璽提供）

後面發展我就不詳述，結果很清楚，這個台灣學術團的新聞從一開始就是我的獨家，由於我始終貼身採訪，讓帶團教授把我視為隨團「發言人」，每次這位教授接到其他媒體來電表明要採訪時，總是回覆「我都跟中央社記者說了，你們看中央社的報導就好」。

不刻意追求獨家新聞，但我所寫的每篇台灣學術團新聞報導，包括聯繫上兩位失聯博士生、及他們在一位善心日本教授陪同下順利抵達東京與帶團教授會合，最後平安返回台灣等，這一系列的報導都是獨家新聞。但完成這一系列採訪的我，當下最開心的不是獨家表現，而是能看到失聯意外喜劇收場，也算是採訪天災新聞最令人感到安慰的結果。

熊本強震臨危受命　人脈發揮關鍵作用

日本熊本縣2016年發生強震，造成273人死亡及2809人受傷，當時我的職務是國會組組長，由於駐地記者無法前往災區，我又一次臨危受命搭上隔天下午班機飛往日本福岡機場。

在出發前，我一樣透過長年在立法院採訪建立的人脈，獲得了一定的資訊並構思抵達後要做的事。我認為，天災新聞雖然屬突發新聞，但充分的事前準備作業與長年累積的人脈都相當重要，我採訪八八風災時因為當時兼跑國防部，很多新聞都是透過軍方人脈找到受訪者，甚至得以隨國軍深入重災區新開部落及六龜等地，所以透過平時採訪盡量累積人脈，通常會在意想不到的時候發揮關鍵效果。

到了福岡後一樣是入夜時分，我先透過電話聯繫外交部駐福岡辦事處高層，掌握駐地對台灣留學生及僑民的協助及救援進度，第二天在與福岡辦事處保持聯繫的情況下，自行租車前往離福岡約100公里外的災區熊本市，不過，前兩次採訪天災新聞時並沒有租車進入災區的經驗，加上這次隻身前去，獨自一人駕車前往熊本市的過程十分不順利，沿路部分道路因為地震封閉交通大打結，造成長時間塞車，花了6小時才開完平常約2小時的路程，但到了重災區益城町時也無處停車，只能再原路返回福岡。總計這一天我花了超過13小時在開車，相當沒有效率，唯一的收穫是第一手看到重災區實際狀況。在這次經驗後我才體悟到，進入災區萬萬不可自行開車，一定要搭乘計程車，才能隨時下車、掌控採訪時程。

就在返回福岡當晚，得知有一個台灣實習團的7名學生受困阿蘇山區待援，並獲同意可跟著福岡辦事處專車一同前往馳援，因此隔天一早我就抵達辦事處坐上救援專車。當時前往熊本縣災區採訪的台灣媒體四散各地，不敢說知道學生受困的媒體記者只有我一人，但因為只有我搭上專車，又「意外」成為唯一隨行深入災區、發出獨家的記者。

刻畫災區人物臉譜　發掘獨特故事

　　災情新聞通常各家媒體大同小異，鮮少有聽過會漏新聞的，因為這些災情進度或發展，每天都可以透過中央政府設於當地的前進指揮所公布的訊息得知。外界支援的新聞包括慈善或宗教團體提供的物資，或是企業家的善心捐款等，也都因為希望讓媒體報導，所以並不難掌握。

　　因此，能表現出個別採訪記者功力的就是人物新聞，這部分除了跟個人觀察力有關，也可以說展現了記者個人的人脈。災區新聞雖不到俯拾皆是的程度，但善用觀察力，還是可以發掘到不少可供報導的故事。

　　三一一大地震時，我在千葉縣飯店外頂著寒風等待台灣學術團到來前，曾看到幾輛遊覽車陸續在凌晨時分抵達，其中一輛就是前一天白天從東北地方撤離的台灣旅行團，我當下就詢問導遊是否願受訪，後來也採訪幾位願受訪的熱情台灣旅客，他們都很願意聊聊這段在天搖地動後「逃離」災區的過程。

1
熊本縣重災區益城町民宅受災景況。（黃名璽提供）

2
熊本大地震後在避難所排隊領取食物的高齡災民。（黃名璽提供）

不僅如此，我當時很好奇為什麼地震發生不久後，台灣旅行團及台灣學術團就能立即搭上遊覽車，並全數被平安地送到千葉縣這處飯店，且這處飯店還能臨時提供這麼多空房，這個單純的想法就讓我決定朝台灣旅行社的應變能力進行採訪，並完成了一篇揭露台灣旅行社展現無比效率與應變能力的報導。

採訪熊本大地震時，我在災區沒地方住，找到一間供當地人使用的避難所，並獲同意可在這裡留宿，便在避難所內採訪了幾位久居熊本的長者，也觀察到義工們每天準備熱食供避難民眾食用。

這處避難所是一所小學，我住的地方是二樓教室，從窗戶往外看可以看到不少汽車停在操場上，而每輛車內都有人「住」，這就是日本所謂的「車中避難」。車中避難帶來「經濟艙症候群」的問題，因為自宅遭強震重創無家可歸，災民不願住進避難所，於是被迫長時間待在狹窄車內過著避難生活，成為有別其他天災的特殊現象，自然也成為可以報導的題材之一。

我在熊本縣重災區之一的益城町一處安置災民的大型體育館採訪時，看到了許多令人印象深刻的場景，其中一個就是寫在白板上的「祝！道路再開通」文字，下方還押上2016年4月19日的日期，如果從當地4月14日強震前的「前震」起算，相關單位花了5天終於搶通中斷道路。

道路搶通意謂著救援物資可以更快速地被送進災區、停擺的水電等基礎設施可望陸續搶修，也意謂著親人間可以更順暢地相互往來，對災民來說等於看到希望，雖然只有短短幾個字，但對完全可以理解災區生活的我來說卻足以震撼內心，因此最後我想用這段文字跟大家分享災區採訪所留存的感動。◯◯◯

有災民在熊本縣益城町一處體育館內白板上留言，祝賀當地道路災後搶通。（黃名璽提供）

SARS之役
新聞倫理的實戰與實踐

黃淑芳

中央社數位新聞中心
主任，曾任中央社國
內新聞部記者、商情
新聞中心副主任兼財
經組組長、資訊中心
副主任、媒體實驗室
主任

2003年4月22日深夜的那通電話很簡短，至今我還清楚記得整個過程。我匆匆問的幾個問題都沒有答案，只知道最基本的事實，以及隔天早上要開記者會。

飛快地打完200字短稿，打專線請大夜班同事以急件核發，發稿時間已經是23日凌晨，標題是「台北市和平醫院一醫二護疑似感染SARS」。接著通報組長和主跑衛生局的同事：台北市發生SARS（嚴重急性呼吸道症候群）院內感染了。

當時，誰也料想不到接下來的發展這般驚人。僅僅一天之後，24日上午北市府宣布和平醫院封院，強制召回全體醫護集中隔離，院內感染風險升高。染疫護理長陳靜秋殉職、住院醫師林重威重症（後仍不治）的消息，更讓被關在醫院裡的醫護、病患驚懼不安。

1
2003年4月24日和平醫院封院，一名被隔離的民眾從窗戶丟出紙條，寫著「我們要回家」。（蘇聖斌攝）

2
2003年4月27日和平醫院封院進入第四天，被隔離的病患家屬在窗外拉布條抗議。（王飛華攝）

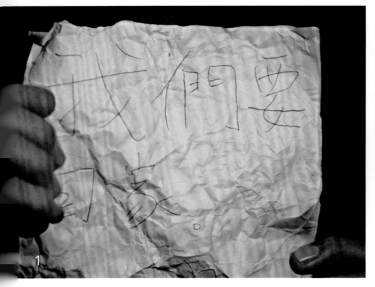

那是沒有線上會議、沒有Facebook和YouTube直播，沒有LINE也沒有WhatsApp的年代。那是記者必須用腳跑新聞，必須到新聞現場才能工作的年代。是跟前幾年採訪九二一地震東星大樓救災、納莉颱風洪患完全不同的風險，不同的心理考驗。當年同事形容，那是我們這一輩市政記者第一次覺得「有可能因為工作而失去生命」。

那兩個月，成為我記者生涯裡最孤獨、最脆弱，也最強悍的一段時光。遊走在法律邊緣的同業競爭、不可能黑白分明的新聞倫理、沒有標準答案的媒體責任課題，一件接著一件來到眼前，逼著我們在疑懼之中不斷思考、火速決定，找出能夠說服自己的因應之道。

黃淑芳採訪2008年秘魯APEC會議，在國際媒體中心前。（黃淑芳提供）

最大的敵人是無知

2020年1月COVID-19（嚴重特殊傳染性肺炎）疫情倏然席捲全球，人心惶惶。但衛生單位確認病原是冠狀病毒之後，我很快定下心來，跟年輕同事討論製作衛教圖表、防疫Q&A。冠狀病毒的傳染途徑、自我保護方式，台灣在SARS之役學了很多。事實證明勤洗手、酒精消毒、戴口罩，對於防範冠狀病毒確實有效。

但是，2003年的台灣並不知道。

當年最大的敵人是無知，不知道傳染途徑、不知道如何防疫，一開始大家以為按電梯按鈕、洗手摸水龍頭、大樓空調都可能感染，市政記者每日駐守和平醫院前進指揮所、市府指揮中心，跟著官員四處視察防疫工作，當然被視為危險分子。各家媒體都要求記者不要回公司，有些報社直接讓記者住飯店，以免影響家人；本社也租了一個旅館房間，讓攝影記者收工後洗過澡再回家。

當時，先父剛動完癌症手術，每週都要到台大醫院回診，全家如臨大敵。我每天回家瘋狂消毒，倒是沒想過退到第二線。

那時候沒有口罩國家隊，N95被炒到天價，平面口罩也很難買。總社好不容易調度到一批口罩，讓外勤記者分批回社領取，市政記者不准回社，怎麼辦呢？最後是由家住國父紀念館附近的生活組組長梁君棣送到市府大門口轉交。

遊走法律邊緣的新聞戰

和平醫院封院頭幾天，除了在警戒線外觀察被召回的醫護報到情形，也要時時關注四周傳來的陣陣騷動。從樓上丟下來的求救字條、病患家屬試圖跳窗逃離、院內醫護衝出封鎖線抗議醫材不夠防護不足，伴隨傷心的哭叫哀號。這些當然都是新聞，字條一定要撿，撿了再考慮「這需要消毒嗎」；邊撿邊被警察驅趕，邊讀字條邊抬頭跟牆裡人對話：「你們需要什麼？裡面是什麼情況？」

撿字條不用猶豫，那潛入採訪呢？跑進居家隔離者家裡採訪呢？當週刊登出記者潛入醫院的臥底採訪，揭露院內亂象，市府官員大罵媒體不自律，揚言移送法辦。漏新聞的記者該怎麼補救呢？只好拚命打電話，窮盡一切可能聯繫在醫院裡的人，醫生、護理師、病患都好，只要能透露一些裡頭的情形就好，如果能拍幾張照片用email寄來，那就更好了。

為了穩住局勢，市府從花蓮搬救兵，央請前衛生局長葉金川進入和平醫院坐鎮，重新建立院內分棟分層隔離管控。他與頗受市民信賴的副市長歐晉德一裡一外擔起危機處理重任，每天不厭其煩

台北市長馬英九及衛生局長邱淑媞，2003年4月26日到和平醫院外，向院內同仁打氣加油，院長吳康文（中）豎起大拇指回應。（王飛華攝）

地回答媒體提問。看到衛生局長邱淑媞穿著太空裝視察和平醫院的畫面，媒體記者無不傻眼，但記者能做的唯有忠實地記錄下這一切，為歷史做見證。

後來台北市再傳出仁濟醫院、華昌國宅疑似群聚感染時，大夥兒已經訓練有素，能夠按部就班分頭上工。

當眾人皆曰可殺　媒體要後退一步

發生這麼大的事，難免要「抓戰犯」，追究到底是哪個環節出了錯、誰該負責任，輿論矛頭對準和平醫院院長吳康文和感染科主任林榮第，質疑他們輕忽、隱匿，釀成大禍。當年沒有鋪天蓋地的政論節目，各種「據了解」、匿名消息和媒體自己推演的劇碼一點也沒少，社會氛圍幾乎到了「人人皆曰可殺」的地步。

和平醫院解封後，市府召開醫師懲戒委員會，地點列為高度機密。各媒體、各路線市政記者總動員，分頭打聽、逐一排除府外機關學校，最後確定會議地點就在市政大樓！大夥兒兵分多路，分區分組巡查每一個可能的地點，在市政大樓來回奔跑，打電話互相通報「不在這間會議室！」決心以人海戰術全面圍堵。

最後找到了會議地點，記者群守在門口等待會議結論，備戰勢必發生的採訪追逐。

戴著帽子、口罩的林榮第，趁著媒體堵問吳康文時倉皇離開，他一路奔跑閃避媒體，試圖搭乘在市府門口排班的計程車，但很快地被追來的記者攔下。計程車司機得知情況，不肯開車，硬是等到更多記者團團圍上來，連車門都關不上，逼得情緒不穩的林榮第只能面對記者提問，說他遺憾難過、一度想要輕生。

計程車司機不肯開車，是媒體塑造的社會氛圍使然。另一個被輿論和市府聯手追殺的是抗拒召回令，被譏為「落跑醫師」的周經凱，他主張健康人應該居家隔離，但在市府揚言強制拘提之下，最終不得不返院隔離。這個抗命讓他被記兩大

和平醫院2003年4月27日將18位SARS疑似病患移至松山醫院隔離治療，消防局人員以全副裝備執行任務。（孫仲達攝）

過免職、罰款、停業，經過多年訴訟，沒能獲得平反，他轉赴台東池上行醫，深受當地民眾愛戴。

2020年COVID-19疫情，台灣社會記取和平醫院教訓，知道封院不是因應院內感染的良方，知道居家隔離比集中隔離安全。周經凱當年的抗命，終於獲得肯認，但也來不及還他公道了。

當年發生在眼前的這些教訓，都成為我職涯的養分。就算看Live直播變得很方便，還是要去現場，守在現場才有機會看到鏡頭外的畫面，那可能正是新聞故事之所在。越憤怒的時候，處理新聞越要冷靜；越是看似民氣可用，越是眾志激昂的時候，下筆愈要謹慎，寧可後退一步，保留一絲「萬一我們錯了呢？」的思考，避免掉進獵巫陷阱。畢竟新聞媒體要追的是真相，是公義，而不是把誰逼上絕路。◀◯◯

八八風災
鏡頭記錄哭泣的家園

蘇聖斌

中央社影音中心主任，曾任國內新聞中心攝影組組長及副主任、數位新聞中心副主任兼圖像組組長

2009年8月14日，航特部直升機前往那瑪夏鄉後送災民，救難人員抱著小孩準備搭機離開災區。
（蘇聖斌攝）

原來從空中看再熟悉不過的家鄉，是那麼陌生。

2009年，因颱風莫拉克挾帶破紀錄降雨量強襲台灣，造成中部、南部及東部嚴重水患，中南部山區道路柔腸寸斷。電視台及平面媒體雖蜂擁至南部災區，也只能推進到被大水沖刷中斷的新開大橋前，而斷橋對岸，高掛著災民以紙板寫上的斗大紅字「死亡32人SOS」，那畫面透過媒體傳播開來，震驚了台灣社會各界。

災區太大，記者卻有限，中央社總社在第一時間調度大批攝影記者及其他線路記者分批南下支援採訪，分擔地方記者重擔。且作為國家通訊社，中央社的責任就是將更多資訊、新聞畫面帶出來；資訊越多，越有助於外界掌握狀況、協助救援。

乘軍方直升機　俯瞰拍攝南部災區

當時新聞焦點尚集中在東部，而南部山區因天候惡劣，狀況尚未明朗，中央社團隊必須靠軍方協助才能在暴雨中進入採訪，社方也漏夜與軍方協調，表達以國家通訊社的角度，有責任在這重要的歷史節點上，提供媒體及外界相關災情第一手畫面。

那時軍方提供兩個登機採訪機會，一個是前往嘉義空軍基地，搭乘軍方直升機前往阿里山一帶山區勘災、運送救援物資，另一個則是前往歸仁空特部基地搭乘直升機往楠梓仙溪上游。當時傳出慘遭土石流掩埋滅村的高雄縣甲仙鄉小林村便在這一帶，且一直都還沒有明確畫面被披露出來。

而我因出身高雄，便被分配南部災區的直升機拍攝任務。從前在軍事演習時雖常捕捉直升機飛掠英姿，這次卻是我第一次登上直升機採訪。

飛行途中，機艙內引擎及螺旋槳高頻低頻混雜，聲音相當刺耳，幾乎無法用口語直接溝通，軍方駕駛遞給我一副耳機示意我戴上，告訴我有什麼拍攝需求，就盡量跟他們說明。

　　直升機往災區飛行，途經大崗山上空，那應該要是我再熟悉不過的家鄉景色，但從高空中俯瞰，一切卻是那麼地陌生。

　　在國軍服役近50年的UH-1H通用直升機，因機齡已高，機上並無配備先進的衛星導航設備，加上兩名軍方駕駛均來自北部龍潭航特部基地，對當地地形相當陌生。我們幾人看著書局也買得到的紙本地圖，搭配我對故鄉朦朧的地形地物記憶，順利在河道峽谷地形中往災區飛行。

　　從空中俯瞰，災區道路慘不忍睹，我緊抓著相機探出機艙外，一張張地記錄著被土石流淹沒的村莊房屋、廟宇，還有每一座遭大水沖斷的橋梁。

1
2009年8月13日，八八風災後，蘇聖斌乘直升機拍下高雄旗山溪、旗尾橋及附近房舍遭洪水沖毀的情況。（蘇聖斌攝）

2
2009年8月15日，航特部直升機吊掛重型機具進入高雄新開部落，搭配工兵進行救災作業。（蘇聖斌攝）

3
中央災害應變中心密集派遣直升機進入災區，搶救受困多日的民眾。（王飛華攝）

鏡頭交換運用　數千張照片比對出小林村

直升機穿越在峽谷中的飛行速度很快，我無從判斷每個拍攝畫面的精確位址，那是一個相機無法記錄GPS訊息的年代，不若現在手機有可以精準判斷拍攝位置的功能。

也因此，我每次透過長焦鏡頭拍攝一些災情畫面後，都會再換成超廣角鏡頭拍下該處河道彎曲樣貌、拍下每個山上溪流和楠梓仙溪匯流處的土石流淹沒區，目的就是要做為事後比對之用，才能夠精確寫出各災區地名。

當天下機後，我慢慢在數千張照片中反覆比對，才總算找出小林村被淹沒的影像。那是一張看不出原有村落樣貌的照片，一片被土石泥流完全覆蓋住的土地。

拍攝當下，我並沒有意識到那就是小林村，甚至感受不到那曾是一座村莊。

這張照片也是國內媒體第一張小林村的空拍照，而先前見諸國內媒體頭版、所謂的「小林村滅村」景象，原來是另一處河口3、5間民宅被埋沒的畫面。

往後數日，我每天幾乎都在直升機上度過，在荖濃溪和楠梓仙溪的河谷上空，軍方和內政部空勤總隊直升機來回穿梭，高低空錯落。

它們載運著救援物資或吊掛救災機具趕赴災區，往災區以外方向飛去的直升機上，則運載著災民或罹難者遺體離開。

那時印象最深的，是居民撤離時透過機身窗子看到淹沒在土石裡的家園，紛紛騷動起來，但旋即陷入沉默。突然間，有人開始啜泣，這是他們第一次從空中俯瞰自己的家園，但卻想不到是在這種情況下。

直升機離開災區後，降落在旗山國中操場，在空中遠遠就看到守候在那的中央社同事們記錄著一幕幕的劫後重逢。

在那裡，無數的災民每天焦急等待直升機帶來困在災區裡的親人，情緒也越來越激動。因為通訊中斷，他們只能守在臨時的直升機起降場旁。天災無情，希望和失望一線之隔，直升機載來的也可能是一具具冰冷的遺體。

團隊合作 中央社堅守現場到最後

在機上隔著窗戶跟現場採訪的同事們揮手示意，等不及同事的回應，直升機又匆忙起飛往山裡飛去。想起那天早上在航特部飛航管制室看到黑板上草寫的一排字「油！一直加就對了」，簡短的一句話道盡陸軍航特部投入救災的毅力和決心。那晚將黑板寫有那排字的畫面發稿，隔天竟也獲國內多家媒體在重要版面採用。

這場災難我所付出的勞力、體力遠不及其他得克服各種交通不便，在惡劣環境中徒步挺進重災區採訪的同仁，而中央社在整趟採訪所投入的人力及物力亦是近年罕見。

當災情告一段落，很多媒體都陸續撤離災區，中央社則是所有從北部南下的媒體中，最後一個離開的。這麼重大的災難事件，沒有一個記者能獨力兼顧所有環節，中央社也透過團隊合作，實踐了記錄重大事件的社會責任。◐◯◯

第9屆卓越新聞獎2010年12月2日頒獎，中央社作品「惡水」獲平面媒體類新聞攝影獎，左起孫仲達、蘇聖斌、張皓安、徐肇昌。（吳翊寧攝）

3

見證歷史一瞬

中央社百年史，映照台灣發展與蛻變，
民主路上的大小事件、國際賽場的榮耀時刻、
公共建設的進步創新、災疫中的守望相助；
透過新聞報導，國人並同步感知世界、關注全球變局。
這些，都是跨世代的記憶圖景。

中央社以超過千萬則新聞、數百萬幀照片，
完整記錄你我一起走過的歲月。

起點與現在
預約下一個百年

成立於1924年的中央社，獨立經營後，歷經改組、轉型，終於在1996年成為全民共有的公共媒體；迎接時代浪潮，持續結合資訊科技，強化新聞編採的數位戰力，每天以中、英、日文對外發出上千則新聞、照片、圖表、影音與資訊。

如今，邁向成立100年後的第一年，中央社將以穩健的步伐前行，堅持專業，日新又新提升讀者的閱聽體驗。

信鴿傳訊
抗日戰爭期間，中央社以信鴿傳遞戰場訊息。羅寄梅攝・1942年7月26日

防空洞內執勤

抗日戰爭期間，中央社員工於防空洞
內工作的情形。魏守忠、宣相權攝，
1943年1月10日

新型頁式文字傳真機啟用

慶祝41週年社慶，舉行新型頁式文字傳真機啟用儀式，由中央銀行總裁徐柏園（中）剪綵，這款文字傳真機3分鐘可以發送600個中文字。右為中央社社長馬星野。陳永魁攝・1965年4月1日

攝影組工作情形

中央社攝影組示範沖印照片。陳永魁攝・1965年4月1日

聯合國取消本社採訪資格

聯合國大會1971年10月25日通過「2758號決議」，中華民國被迫退出聯合國，同年12月聯合國祕書處取消中央社記者採訪聯合國新聞的權利。

1 聯合國撤銷中央社記者湯德臣及林徵祁的採訪資格之後，馬星野社長（右）接受華視電視台訪問。陳永魁攝·1971年12月18日

2 中央社駐聯合國記者林徵祁，在聯合國總部的辦公室收拾檔案資料。中央社攝·1971年

3 中央社衣索比亞特派員曲克寬（左2），自衣國返台，在機場舉行記者會，說明中共迫使衣國政府要求他離境的經過。陳永魁攝·1972年11月3日

中央社50週年社慶

中央社成立50週年社慶，故社長蕭
同茲銅像同日揭幕。左起沈宗琳、唐
雄、丁履進、王家棫、胡傳厚、周培
敬。陳永魁攝．1974年4月1日

洛杉磯特派員曲克寬赴任

中央社美國洛杉磯特派員曲克寬（右）攜眷赴任。他的女兒曲艾玲（前）後來成為知名主持人。陳永魁攝・1975年6月12日

松江路志清大樓落成

中央社慶祝58週年社慶暨松江路志清大樓落成。由中央社與榮工處、青年反共救國團協議後，將松江路原有的4層辦公大樓拆除，合辦改建現代化的新大樓。劉偉勳、陳漢中攝・1982年4月1日

啟用中文電腦

中央社59週年社慶，宣布啟用中文電腦發布國內新聞，供應各報社、廣播及電視台，提供更迅速的服務。陳永魁、馮國鏘攝·1983年4月1日

陳香梅返社參訪

曾任中央社記者的陳香梅，英語流利，被派往採訪飛虎將軍陳納德，兩人一見鍾情步入婚姻。二戰後，陳香梅隨陳納德定居美國，成為「中國遊說團」（China Lobby）的要角。圖為陳香梅來訪，對本社保存史料稱讚有加。方沛清攝·1993年10月28日

發布語音新聞

中央社成立廣播電視部，首次製作語音新聞，提供廣播電台播放，是本社嘗試走向全媒體的創舉。圖為社長唐盼盼（右）說明語音新聞發展方向。王遠茂攝．1993年11月16日

踏入電視製播領域

中央社承製宏觀電視僑社新聞開播暨全球影像新聞服務啟動，展現影視製播實力。圖為董事長蘇正平（右2）陪同僑委會委員長張富美（左），參觀新聞攝影棚。吳繼昌攝．2003年3月31日

致贈達賴喇嘛相冊

西藏精神領袖達賴喇嘛（左）離台記者會，中央社社長汪萬里（右）致贈珍貴相冊，達賴回贈「哈達」。張天雄攝・2001年4月7日

世衛組織核發採訪證

第62屆世界衛生大會（WHA）核發採訪證，中央社率先取得台灣第一張採訪證。這是2003年SARS疫情爆發後，台灣媒體首次獲准採訪。周盈成日內瓦攝・2009年5月14日

我是海外特派員校園活動

中央社推出「我是海外特派員」校園
活動，辦理全國培訓、遴選優秀學子
至國外媒體實習。圖為總統蔡英文
（右2）與首屆完成海外實習的3名學
生座談，自拍留念。裴禛攝・2019年
4月11日

國內國外新聞現場無所不在

國內篇

作為「全民共有」的新聞通訊社，每當台灣有災難或緊急事件發生，中央社都肩負資訊傳播、守望聯繫、服務與監督的社會功能；也為讀者追蹤國際重大事件，包括區域衝突、元首會面、地緣政治變局、自然災害及我國援助經過等。無論國內或國外，中央社記者除了跑在第一線，更製作深度專題、系列報導，持續以文字、影像紀實。

美國總統艾森豪訪台

金門八二三炮戰於1958年爆發，為了鼓舞當時台澎金馬的士氣，時任美國總統艾森豪，於1960年6月18日從馬尼拉乘坐第七艦隊旗艦聖保羅號（St. Paul）橫渡巴士海峽到達台灣，是迄今美國首位、也是唯一在任內訪問台灣的美國總統。秦炳炎攝‧1960年6月18日

八七水災

1959年8月7日至9日間，受到熱帶低氣壓影響，形成強大的西南氣流而引發豪雨，導致台灣中南部發生嚴重水患，加上山洪爆發，造成空前的大水災。圖為彰化一帶農田被洪水淹沒的情景。秦炳炎攝‧1959年8月9日

金門八二三砲戰

金門八二三砲戰發生自1958年並持續到1979年，戰況最烈為1958年8月23日至10月5日間，國共兩軍隔海砲擊，當時美國派遣第七艦隊巡弋台灣海峽，協助我國海軍赴金門補給。圖為一架載運補給的運輸機正在降落。秦炳炎攝‧1958年9月26日

九二一大地震

1999年9月21日凌晨1點47分，台灣發生震央位於南投縣集集鎮的大地震，規模7.3，造成近2500人罹難；為悼念與警惕，2000年訂立9月21日為「國家防災日」並舉行地震演習。

1　連接南投縣名間鄉與竹山鎮的名竹大橋，受到2次強烈餘震影響，橋面嚴重斷裂。鄭傑文、郭日曉攝．1999年9月22日

2　震後當晚，往東側嚴重傾斜崩塌的台北市東星大樓。鄭傑文攝．1999年9月21日

SARS

嚴重急性呼吸道症候群（SARS），2002年在中國廣東順德市發生首例，擴散至東南亞、全球，造成台灣共計346個病例，73人死亡，並爆發「和平醫院封院」風波。當年，台灣在全球防疫體系因中國政治干擾而缺席。

1　台北市立和平醫院為防止SARS疫情擴散，全面封鎖，一名市民站在窗戶旁，向警方喊話求見衛生署署長，並高喊「我要回家」。蘇聖斌攝．2003年4月24日

2　台北市立和平醫院因SARS封院，醫院前後棟大樓禁止相通，醫療人員只能比手畫腳溝通。王飛華攝．2003年4月26日

COVID-19

嚴重特殊傳染性肺炎（COVID-19），是一種由嚴重急性呼吸道症候群冠狀病毒2型（SARS-CoV-2）引發的傳染病。2019年末中國湖北武漢市首名病人確診，其後引發全球性傳染，導致嚴重的社會和經濟動盪。

1　台北市啟用花博爭艷館的大型疫苗接種站，18線接種區，每天單線供800人施打疫苗。王飛華攝．2021年7月15日

2　嚴重特殊傳染性肺炎中央流行疫情指揮中心舉辦終場記者會，指揮官王必勝（右5）、前指揮官陳時中（左4）、衛福部部長薛瑞元（左5）、社區防疫組組長莊人祥（左2）、發言人羅一鈞（左）、專家諮詢小組召集人張上淳（右4）等防疫團隊代表齊聚，感謝全民一起走過抗疫時光，成立近1200天的指揮中心走入歷史。王騰毅攝．2023年4月27日

韓戰

南、北韓於1950年6月25日爆發韓戰，當時中國、蘇聯出兵支持北韓，以美國為首的16國聯合軍隊則出兵支持南韓，雙方於1953年7月27日在板門店簽署《朝鮮停戰協定》，建立南北韓非軍事區為緩衝地帶。韓戰也影響了台灣地緣政治局勢，形成台海兩岸對峙格局。

1　韓戰爆發隔天，中央社記者李嘉便搭軍機飛往韓國，成為赴韓戰前線採訪的首名中華民國記者。圖為李嘉（左3）與報導韓戰的其他外國記者合影。

2　韓戰爆發後，協防台灣的美國第七艦隊艦進港護台。鄧秀璧攝．1952年6月6日

1

2

越戰

越戰爆發於1955年，中國和蘇聯等國家支持的北越（越南民主共和國）協同「越南南方民族解放陣線」，共同發動對抗美國等國家支持的南越（越南共和國），最終導致1975年南越政權垮台，南北越統一為越南社會主義共和國。越戰是二戰後美國參戰人數最多的戰爭，影響深遠。

1　越南特種部隊操練，扮鄉民模擬駕駛牛車混入越共基地。何燕生攝・1967年10月19日

2　南越政府軍在堤岸李成源街用坦克車擊退越共，許多房屋在戰火中被毀。黃慶豐攝・1968年6月8日

民之所欲，長在我心

在美國國會兩院決議及柯林頓政府的同意下，總統李登輝於1995年6月7日至12日以私人行程名義訪問美國康乃爾大學，並公開發表〈民之所欲，長在我心〉演說。李登輝是史上首位進入美國的中華民國總統，也是中美斷交後首位訪美的總統。此行被認為是台灣外交上的重大突破。郭日曉攝·1995年6月9日

馬習會

兩岸1949年政治分立以來，在2015年開啟一場全球矚目的歷史性會談。總統馬英九與中國國家主席習近平於新加坡會面，是雙方最高領導人的首次會晤。會中主要就和平的兩岸關係交換意見，雙方沒有簽署協議或發布共同聲明。張新偉攝·2015年11月7日

香港反送中

香港民眾因反對《逃犯條例修訂草案》將讓香港異議人士被送到中國受審，於2019年3月開啟一系列「反送中」運動，以示威遊行、靜坐、不合作運動、設置連儂牆等方式提出抗議，遭官方鎮壓，引發全球矚目。

1　參與反修訂逃犯條例大遊行的民眾，身穿黑衣上街表達訴求，遊行群眾移動至未封閉車道。裴禎攝·2019年6月16日

2　香港「反送中」2019年8月11日遭警方強勢鎮壓，一名示威女子遭射爆右眼，隔日群眾號召全民罷工塞爆機場，抗議「香港警察企圖謀殺香港市民」。吳家昇攝·2019年8月12日

南亞海嘯

印度洋大地震發生於2004年12月26日，震央位於印尼蘇門答臘島亞齊省西岸160公里，震源深度30公里，地震規模達9.3，引發浪高達51公尺的南亞海嘯。震災與海嘯導致泰國、印度、斯里蘭卡、印尼等國嚴重傷亡，估計罹難和失蹤人數至少有30萬人。圖為中華搜救總隊於泰國普吉島救災情況。吳協昌攝・2004年12月30日

日本三一一地震

日本東北大地震發生於2011年3月11日，地震規模9.0、震央在宮城縣外海，後續引發40公尺高的巨大海嘯及多起餘震，是日本觀測史上規模最大的強震，並導致福島第一核電廠事故發生，舉世關注。台灣各界湧入許多善款，協助日本賑災。圖為日本自衛隊陸續在各地展開救援。楊明珠攝・2011年3月15日

尼泊爾強震

尼泊爾位處地中海—喜馬拉雅山板塊交界的地震帶，2015年4月25日發生規模7.8大地震，是繼1934年地震後襲擊該國的最強烈地震，共造成9018人死亡，數百萬人無家可歸；主震後，又至少發生14起規模4.5以上的餘震，政府隨之宣布進入緊急狀態。

1　加德滿都東側古城巴克塔普爾（Bhaktapur）名列世界遺產，當地杜巴廣場（Durbar Square）受創嚴重。何宏儒攝・2015年5月2日

2　台灣多個民間團體馳援，體現救災無國界的人道精神。何宏儒攝・2015年5月25日

烏克蘭戰爭

蘇聯解體後，烏克蘭實施去俄羅斯化政策，境內俄裔的俄羅斯民族主義導致國族認同分裂，再加上烏克蘭爭取加入北約引發俄羅斯不滿，試圖在前蘇聯地區重建影響力。俄羅斯於2022年2月24日正式入侵烏克蘭，雙方持續交戰至今，造成數十萬人死傷，是二戰以來歐洲最大規模戰爭。圖為烏克蘭東北部城市哈爾科夫一棟遭毀建築，上面有一處以烏克蘭文寫著「時間療癒我們」。鍾佑貞攝·2022年6月2日

英國女王辭世

英國女王伊麗莎白二世於1953年6月2日加冕，2022年9月8日辭世，27歲登基的她在位長達70年，是英國在位時間最長的君主。圖為伊麗莎白二世的靈車由白金漢宮移至國會西敏廳，繼任國王查爾斯三世、安妮公主等家人為她送行。陳韻聿攝，2022年9月14日

土耳其強震

土耳其南部與敘利亞邊境於2023年2月6日凌晨發生規模7.8大地震，地震深度只有17.9公里，屬破壞力強大的極淺層地震，導致許多人在睡夢中逃生不及遭到活埋。共造成5萬9259人死亡、297人失蹤，是土耳其100多年來死亡人數最多的地震。圖為阿達那省災區現場。鍾佑貞攝，2023年2月

記錄台灣
世代顯影

民主之路

走過百年歲月，中央社典藏了數百萬幀照片，當中的台灣名人影像，是世代記憶的化身，他們在中央社記者快門見證下，留下珍貴瞬間。每個轉捩、突破與榮耀時刻，中央社始終沒有缺席，每一張照片都是一個國家記憶，每一段記憶都值得追源細品。

鏡頭下的新聞，同時是未來的台灣歷史，我們仍在不斷續寫著。

台北市第一屆民選市長

台灣戰後首屆全國縣市長選舉在1950年至1951年間舉行，共選出21名縣市長。台北市第一屆民選市長，是由無黨籍的吳三連以65.6%的高票擊敗高玉樹等強敵。圖為吳三連（左2）獲悉當選後，在辦事處與支持者舉杯同歡。秦凱攝．1951年1月21日

《美麗島雜誌》創刊

政論雜誌《美麗島雜誌》在台北市中
泰賓館舉行創刊酒會，一批以《疾風
雜誌》人員為首的群眾在場外抗議，
引發衝突，此為中泰賓館事件。同年
12月10日美麗島雜誌社在高雄市舉辦
世界人權日活動時，發生警民衝突，
演變成「美麗島事件」。陳漢中攝．
1979年9月8日

美麗島軍法大審

美麗島軍法大審，起因於美麗島雜誌社成員為主的黨外運動人士，在1979年12月10日辦理遊行及演講，提出民主與自由、終結黨禁和戒嚴等訴求，期間遭遇尋釁，引爆警民衝突。警備總部公布「美麗島事件」涉案人數共計152人，其中黃信介等8人以叛亂罪起訴，於1980年3月18日起連續9天，由軍事法庭審訊。

1 「美麗島事件」7名被告出庭，左起為張俊宏、黃信介、陳菊、姚嘉文、施明德、呂秀蓮、林弘宣。劉偉勳攝，1980年3月18日

2 美麗島事件被告辯護律師團，右起3人為陳水扁、謝長廷、蘇貞昌。劉偉勳攝，1980年3月18日

3 左起為張俊宏、姚嘉文、施明德、黃信介、陳菊、呂秀蓮、林弘宣、林義雄。中央社典藏，1980年4月18日

解除戒嚴

隨著兩岸局勢對中華民國政府趨於不利，台灣地區於1949年5月實施戒嚴。歷經國際冷戰、國內黨外運動爭取民主化，終於在1987年7月7日經立法院決議，解除戒嚴，總統蔣經國並宣布7月15日正式解嚴。自此，台灣地區長達近40年、世界第二長的戒嚴令宣告終結。圖為立法院院長倪文亞宣告通過解嚴案。陳明仁攝，1987年7月7日

五二〇農民運動

台灣經濟起飛於1980年代，對美貿易順差擴大，引來美國施壓。政府遂決定擴大開放美國農產進口，引起農民的質疑和恐慌，1988年5月20日發生農民大規模抗爭，這也是台灣解嚴後首次爆發激烈警民衝突。

1　「五二〇」抗議行動總指揮林國華，以「農業開放可能導致農民權利受損」為由，帶領台灣南部農民北上請願。眾人隨總指揮車在台北街頭遊行，提出全面農民保險、成立農業部等七大訴求。何廉之攝‧1988年5月20日

2　示威農民在立法院前發生激烈警民衝突，警方並出動鎮暴警車，歷經近20小時的激戰、對立；次日凌晨，憲兵隊展開驅離行動，總共逮捕130多人，96人被移送法辦。何廉之攝‧1988年5月20日

八九修憲　廢除國大

中華民國政府於1949年遷台後，中央民意機關包括國民大會、立法院、監察院；大法官第31號解釋文以國家發生變故為由，由第一屆中央民意代表繼續行使職權，形成超過43年未改選的「萬年國會」。直到1989年《第一屆資深中央民意代表自願退職條例》通過立法，加上野百合學運要求，這群資深民代才於1991年全數走下政治舞台。

1　在激烈的議事抗爭中，立法院院會完成《第一屆資深中央民意代表自願退職條例》草案的立法程序。方沛清攝‧1989年1月26日

2　第一屆國民大會第八次會議期間，舉行第八任正副總統的間接選舉，國民大會並自行通過「延長任期為9年」、「行使創制、複決二權」、「國大每年集會一次」等擴權提案，引發立法院及民間輿論不滿。圖為民進黨諷刺從未全面改選的國大代表票選總統的行為，提名黃華（右3）、吳哲朗（左2）為「台灣正副總統候選人」，旁為翁金珠（右）、黃信介（左3）等人。郭日曉攝‧1990年3月21日

鄭南榕爭取言論自由

黨外人士鄭南榕與友人以「爭取百分之百的言論自由」為宗旨，1984年創辦《自由時代周刊》，批判當時執政黨嚴密控制言論及思想，屢遭查扣或停刊。1989年，鄭南榕被控涉嫌叛亂，遭法院傳喚，他表示「國民黨不能逮捕到我，只能夠抓到我的屍體」而拒絕受捕。隨後將自己關在雜誌社內，並準備汽油，表達抵抗意志，直到警方強行破門攻堅，鄭南榕於總編輯室點燃汽油，自焚身亡，終年41歲。

1　鄭南榕出殯當天，許多群眾隨靈柩隊伍遊行，並進入總統府前禁制區，與維持秩序的憲警對峙。方沛清攝，1989年5月19日

2　「鄭南榕殉道18週年追思會」上，鄭南榕遺孀、前行政院副院長葉菊蘭致詞時除感謝大家懷念鄭南榕外，也提及台灣有百分之百的言論自由，但大家同時要承擔自由背後的責任。卞金峰攝，2007年4月7日

還我土地運動

「台灣原住民族還我土地運動聯盟」要求政府歸還原住民族傳統領域的土地所有權，於1988年8月25日號召2000餘名各族原住民，在台北街頭發動遊行，是解嚴後台灣原住民首次大型社會運動。圖為聯盟於隔年至林務局抗議原住民土地多被規畫開發為森林遊樂區。熊力學攝‧1989年8月25日

野百合學運

野百合學運主要訴求為「解散國民大會」、「廢除臨時條款」、「召開國是會議」，以及「提出政經改革時間表」，這場1990年3月發生在中正紀念堂的學生運動，是中華民國政府遷台以來首次發生的大規模學生抗議行動。

1　野百合學運學生串連各大專院校，齊聚在中正紀念堂廣場，共同表達抗爭訴求。方沛清攝．1990年3月20日

2　度過6天靜坐抗議，學生忙著收拾撤離後留下的睡袋和民眾捐贈的物資。圖中可以看見學生為了凝聚學運力量，共同創作的台灣野百合雕塑。熊力學攝．1990年3月22日

爭取總統直選

前民進黨主席黃信介、許信良、林義雄、施明德等人號召的「四一九總統直選遊行」，以總統直選為訴求，獲上萬人響應。遊行隊伍經過台北車站時，群眾無預警坐下，占領忠孝西路等地，雖在清晨遭警方出動噴水車驅離，卻也奠定未來總統直選的民主之路。郭日曉攝．1992年4月24日

國會衝突

台灣民主化過程中，國民黨委員仍占立法院多數席次，不同立場的政黨在人數與資源差異下，為了各自的政治理念，議事程序中經常爆發衝突。1995年台灣立法院因此獲頒搞笑諾貝爾獎（Ig Nobel Prize）和平獎，獲獎理由為「立委鬥毆比戰爭更有政治效果」。 鄭傑文攝・1995年10月30日

首屆總統直選

中華民國於1996年舉辦第一次總統副總統直選，當時各主要政黨都有候選人參選。圖為中時報系舉辦首次民選總統候選人辯論會，左起為無黨籍候選人陳履安、新黨候選人林洋港、民進黨籍候選人彭明敏；當時國民黨候選人、時任總統李登輝未出席辯論。王飛華攝・1996年2月10日

第一次政黨輪替

第10任總統副總統選舉,由民進黨總統、副總統候選人陳水扁(前左)、呂秀蓮(前右)當選,實現中華民國史上首次政黨輪替,政權和平轉移。王飛華攝・2000年3月18日

國民大會走入歷史

任務型國民大會複決立法院提出的憲法修正案,通過國會席次減半、立委任期改為4年、立委選舉改為單一選區兩票制、公投入憲等案,而後國民大會走入歷史。圖為國、民兩黨國代在議場拉布條的場面。孫仲達攝・2005年6月7日

太陽花學運

太陽花學運又稱三一八學運，由台灣的學生與公民團體在2014年3月18日至4月10日間，共同發起的社會運動。示威民眾反對強行通過審查《海峽兩岸服務貿易協議》、要求民主程序，發動遊行並占領立法院及周邊長達20多天，甚至一度占領行政院。是台灣從1980年代以來最大規模的「公民不服從」行動，促成公民積極參與政治，也啟發香港、日本等地的抗爭。謝佳璋攝．2014年3月19日

人物
群像

亞洲鐵人楊傳廣

楊傳廣是台灣傳奇運動明星，他從棒球
隊員轉戰十項運動競賽，在1954年第二
屆亞運中初試啼聲，以5454分的成績勇
奪金牌。6年之後的羅馬奧運，他獲得十
項全能運動銀牌，成為史上第一位獲得
奧運獎牌的台灣人。這也是中華民國的
第一枚奧運獎牌。鄧秀璧攝，1954年5
月5日

飛躍的羚羊紀政

紀政被外媒盛讚為「飛躍的羚羊」，她1968年代表台灣參加墨西哥奧運，獲得女子80公尺跨欄銅牌，是中華民國第二面奧運獎牌，更是台灣女性運動員首度在奧運獲獎。陳漢中攝·1968年11月1日

中華少棒凱旋歸國

中華少棒隊榮獲第23屆世界少棒大賽冠軍，載譽返國。陳漢中攝·1969年9月7日

青棒、青少棒雙料冠軍

中華青棒隊、中華美和青少棒隊榮獲1974年世界青棒、青少棒2項冠軍，聯袂凱旋返國。馮國鏘攝·1974年8月26日

王貞治為中職開賽

1 台灣「職棒元年」隨著中華職業棒球聯盟於1989年10月23日成立，揭開序幕。圖為次年的中華職棒首季聯賽開打，由台灣旅日棒球名將王貞治（中）為中職第一場比賽揮棒，捕手為中華職業棒球聯盟會長唐盼盼（右）。方沛清攝・1990年3月17日

2 台北大巨蛋是台灣最大的室內運動場館，2023年由「世界全壘打王」王貞治率先開球啟用，宣告第30屆亞洲棒球錦標賽開打。王貞治並表示，台北大巨蛋是亞洲具有指標性的棒球場，不輸日本巨蛋。張新偉攝・2023年12月2日

曾雅妮登世界球后

高球選手曾雅妮在澳洲女子名人賽（ANZ RACV Ladies Masters）奪冠，並擠下南韓選手申智愛，登上世界球后寶座。圖為同年10月23日揚昇LPGA台灣賽，曾雅妮以4回合低於標準桿16桿的272桿奪得冠軍，接受全場歡呼。徐肇昌攝·2011年10月23日

羽球一姐戴資穎

戴資穎在香港羽球公開賽女單奪冠，以7萬8651分的積分，擠下西班牙女將馬琳（Carolina Marin），成為世界羽球球后，也刷新個人世界排名的最佳紀錄。圖為戴資穎在同年度台北羽球公開賽女單16強戰出賽，以21:15、21:11拍下中國小將高昉潔，挺進女單8強戰。徐肇昌攝·2016年6月30日

凌波旋風

香港邵氏公司在團長鄒文懷的帶領下,與凌波(中)、鄭佩佩等人,自香港搭機來台,參加第二屆金馬獎頒獎典禮。反串梁山伯的女演員凌波因《梁山伯與祝英台》一片得到「最佳演員特別獎」,一股「凌波旋風」造成萬人空巷,成為當年金馬獎焦點。潘月康攝‧1963年10月30日

十大名旦

中華文化復興運動推行委員會首次舉辦的國劇聯合大公演,壓軸戲為《大溪皇莊》,由十大名旦串演跑圓場「驅車奔馳」,各自展示腰腿功和技巧。右起古愛蓮、廖婉芬、趙復芬、徐蓮芝、劉復雯、徐露、張正芬、郭小莊、王麗雲、嚴蘭靜。馮國鏘攝‧1969年11月21日

美聲群星會

台北市政府主辦歌唱人員講習，結業典禮後，右起于璇、陳今珮、張明麗、白嘉莉、冉肖玲、敏華、姚蘇蓉群星聚會，欣賞她們的結業證件。潘月康攝·1968年12月28日

舞動雲門林懷民

舞蹈家林懷民於1973年創辦「雲門舞集」，是台灣第一個職業舞團，也是華語地區的第一個當代舞團。圖為中廣公司第四屆中國藝術歌曲之夜中，林懷民配合樂詩演出《寒食》舞作。劉偉勳攝·1974年5月17日

國寶級藝師李天祿

法國青年偶戲專家班任旅（Jean-Luc Penso，
左）、陸佩玉（Catherine Larue，右）與獲
得法國最高獎章「騎士榮譽勳章」的業師李天
祿（中）在台北市慈聖宮公演後合影。張麗芳
攝．1981年5月3日

永遠的皇帝與娘子：
楊麗花與許秀年

歌仔戲皇帝楊麗花在1980年
代，引領電視歌仔戲邁向黃金
時期，並曾率歌仔戲綜藝訪
問團赴美演出。圖為楊麗花
（右）與許秀年（左）在電視
台攝影棚彩排《漁孃》，該劇
亦是台灣歌仔戲進入現代劇場
的濫觴。馮國鏘攝．1983年8
月2日

台灣歌姬鄧麗君

歌手鄧麗君的演唱事業遍及海內外華語地區
和日本等地，甜美的歌聲溫暖無數人心。圖
為鄧麗君在金門前線勞軍，受到官兵熱烈歡
迎。郭堯齡攝．1981年11月25日

諾貝爾獎得主李遠哲

中央研究院院士李遠哲1986年10月15
日榮獲諾貝爾化學獎,是第一個獲諾
貝爾獎的台灣人。圖為李遠哲(左3)
及夫人回到新竹市老家祭祖。陳明仁
攝·1986年12月17日

華人首位奧斯卡名導李安

導演李安以《臥虎藏龍》獲得2001年奧斯卡金像獎最佳外語片殊榮，是第一位獲頒奧斯卡獎、英國電影學院獎及金球獎三大世界電影獎最佳導演獎項的華人導演。圖為李安在台北舉行載譽歸國記者會，並帶回奧斯卡獎的小金人和國人分享喜悅。蘇聖斌攝·2001年4月22日

侯孝賢與吳念真的《悲情城市》

《悲情城市》榮獲第46屆威尼斯國際影展最佳影片「金獅獎」之後，導演侯孝賢（左）、編劇吳念真（右）於台北市永琦百貨敦化店舉行座談。熊力學攝·1989年10月23日

世代
記憶

中央銀行黃金運台

國民政府移存台灣的一部分中央銀行黃金。日後台灣發行新台幣時，運台黃金轉而成為新台幣的準備金。秦凱攝‧1950年12月17日

西螺大橋通車典禮

西螺大橋位於濁水溪下游，連接雲林及彰化，1952年完工時為遠東第一大橋，也是世界第二大橋，僅次於美國舊金山的金門大橋。鄧秀璧攝‧1953年1月28日

交通小姐空中勞軍

在八二三砲戰爆發後，服務於郵政、鐵路、公路和遊覽車的交通小姐，參加警察廣播電台的「空中交誼中心」節目，向三軍將士致慰問之意，並播唱歌曲。圖為12名交通小姐和海軍戰士合影。陳永魁攝‧1959年9月16日

東西橫貫公路通車

東西橫貫公路是台灣第一條串聯東部與西部的公路系統,在工人以十
字鎬與炸藥開鑿的高風險中完工。圖為正式通車後,汽車在岩壁中鑿
出的路上蜿蜒前進。鄧秀璧攝・1960年5月9日

台糖台東鳳梨工廠

隨著經濟環境與國人生活飲食習慣改變，1960年代台灣食品加工業漸趨興盛，台糖公司在美援貸款資助下，於台東糖廠設立鳳梨工廠，帶動地區發展。秦炳炎攝・1960年8月26日

台北中華商場

中華商場是台北市1960年代住商混合的建築群，以電子零件組、家用電器販售，及古董玉器聞名，其中連接商場與街道的天橋是重要的建築特徵，為2021年影集《天橋上的魔術師》故事場景。秦炳炎攝・1961年12月10日

第一屆金馬獎頒獎典禮

被視為華語世界重要電影獎項的
「金馬獎」於1962年開辦。圖
為女星尤敏因主演《星星月亮太
陽》,獲頒第一屆金馬獎最佳女
主角獎。潘月康攝.1962年10月
31日

伊莉莎白.泰勒為金馬頒獎

國際巨星伊莉莎白.泰勒(右3)頒發第16屆金馬
獎最佳劇情片獎給《小城故事》,由導演李行(右
2)代表接受並致詞。馮國鏘攝.1979年11月2日

中影《八百壯士》開鏡

中影公司抗日戰爭影片《八百壯士》開拍。當年偷渡蘇州河，潛往四行倉庫向八百壯士獻國旗的女童子軍楊惠敏（左）出席，與飾演她的女星林青霞（右）主持開鏡。馮國鏘攝．1975年8月13日

中正機場試航成功

台灣在1974至1979年間，推動中山高速公路、中正國際機場（今桃園國際機場）、鐵路電氣化、北迴鐵路、台中港、蘇澳港、高雄造船廠、中國鋼鐵公司、石油化學工業、第一核能發電廠共10項基礎建設，奠定台灣交通與工商業基礎。圖為中正國際機場首次試航，第一架試航的中華航空公司波音707型B-1832號貨運飛機，滑行進入停機坪。宋文正攝・1978年10月17日

澎湖跨海大橋通車

澎湖跨海大橋竣工通車首日，由副總統嚴家淦座車引領的車隊行駛通過，象徵正式通車。陳永魁攝・1971年3月26日

中美關係諮商代表團抵台

美國卡特政府宣布將與中華民國（台灣）斷交，
來台諮商的美國代表團所乘轎車，被激動的群眾
用雞蛋砸得面目全非。陳漢中、劉偉勳攝・1978
年12月27日

台鐵西部幹線電氣化

台灣西部幹線鐵路電氣化全線
完成,大大提升西部鐵路載
客、載貨的運輸能力。馮國鏘
攝·1979年7月1日

國機國造

1　我國自製高性能防禦戰機「經國號」命名出廠典禮，在台中中山科學院航空工業發展中心舉行。吳國輝攝．1988年12月10日

2　國機國造、首架「AJT（Advanced Jet Trainer）新式高教機」在台中漢翔公司正式出廠，並定名為「勇鷹」，以紅白藍的飛機塗裝首度對外曝光。吳家昇攝．2019年9月24日

台大醫院連體嬰手術

亞洲第一例分割手術成功的連體嬰張忠義和張忠仁，於台大醫院小兒外科病房接受手術。馮國鏘攝・1978年11月14日

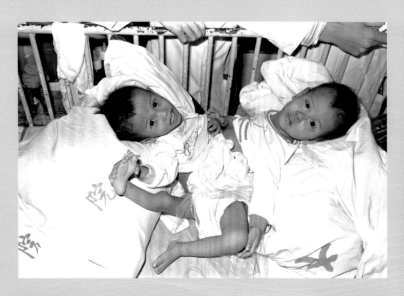

全民健保上路

為促進全體國人健康，政府推動強制性的全民健康保險，中央健康保險局1995年正式掛牌營運。圖為全國特約醫院掛牌，加入健保行列。郭日曉攝・1995年3月1日

台北101開幕

台北101大樓高達508公尺，落成時是世界第一高樓，目前仍為台灣第一高樓。正式開幕前夕，台北101大樓燈火通明，將夜空照耀得璀璨非凡。鄭傑文攝・2004年12月30日

台灣高鐵通車

台灣高鐵自2007年1月5日通車營運以來，已成
為西部重要的交通工具，自南港到左營共12個車
站，2023年旅運量突破7千萬人次。圖為台灣高鐵
進入試營運階段，列車奔馳在台灣西部，象徵全
國進入一日生活圈。謝佳璋攝·2007年1月5日

中華民國首位女總統

蔡英文是中華民國首位女總統。2016
年，她代表民進黨參加總統大選，當選
中華民國第14任總統，促成第三次政黨
輪替。2020年當選連任時，更成為1996
年開放直選後，得票數最高的總統，以
及東亞首位當選連任的女性國家元首。
圖為蔡英文2016年在總統府宣誓就職，
發表演說。謝佳璋攝・2016年5月20日

同婚專法三讀通過

立法院院會2019年5月17日下午三讀通過《司法院釋字第748號解釋施行法》，台灣因此成為亞洲第一個同性婚姻合法化國家。其後，同婚登記開跑，婚姻平權大平台與北市府民政局在信義廣場舉辦「幸福起跑線Wedding Party」，新人攜手步上彩虹毯。張新偉攝‧2019年5月24日

美國眾議院議長
裴洛西訪台

美國聯邦眾議院議長裴洛西（Nancy Pelosi，前右）抵台拜訪立法院，期間並訪問總統府、景美人權園區等處。趙世勳攝‧2022年8月3日

高雄輕軌龍貓隧道

高雄輕軌是台灣首座通車營運的輕軌運輸系統，於2024年1月1日全線通車。其中，C21A內惟藝術中心站（原為美術館西站）至C21美術館站（原為美術館東站）間，採「以站就樹」設計，軌道鋪設在原有的小葉欖仁樹林中，讓民眾乘車時彷彿置身綠色隧道，而有「龍貓隧道」美名。董俊志攝・2022年10月5日

潛艦國造海鯤下水

首艘潛艦國造「海鯤軍艦」（舷號711）正式在高雄下水，由總統蔡英文主持下水典禮。潛艦國造自2020年11月開工，歷經台船、海軍及盟友國家合作，終於開花結果。張新偉攝・2023年9月28日

MIT氣象衛星升空

台灣首顆自製氣象衛星「獵風者」
運送到法屬圭亞那發射升空,並成
功與台灣地面站通聯。圖為國家太
空中心主任吳宗信在起運典禮中說
明衛星計畫和任務。謝佳璋攝,
2023年7月14日

台灣進入碳有價時代

台灣碳權交易所2023年8月7日成
立,12月22日啟動國際碳權交易平
台,完成首批碳權交易,台灣自此
進入碳有價時代。經濟部部長王美
花(前左2起)、金管會主委黃天
牧、國發會主委龔明鑫、環境部部
長薛富盛、碳交所董事長林修銘與
企業代表合影。王騰毅攝,2023年
12月22日

賴清德就任第16任總統
台灣穩健前行

第16任總統賴清德、副總統蕭美琴完成宣誓，賴清德以「打造民主和平繁榮的新台灣」為題發表就職演說，邁向民進黨執政的第三任期。

1 賴清德（中）在副總統蕭美琴（中左）及卸任總統蔡英文（中右）陪伴下，正準備步出總統府外主舞台。王飛華攝‧2024年5月20日

2 總統、副總統就職慶祝大會在總統府府前廣場舉行，賴總統（左）揮手、蕭副總統（右）比出愛心手勢向民眾致意。鄭清元攝‧2024年5月20日

附錄

大事記

1924

3月　由國民黨中央宣傳部籌備就緒，社址設在廣州越秀南路53號。

4/1　本社正式成立，開始發稿。

依據國民黨中執會1924年3月28日發布的〈第29號通告〉，中央社於當年4月1日成立。

1925

7月　國民政府成立，重要文告均交由本社統一發稿。

1926

8月　梅恕曾擔任中央社主任。

9月　本社稿件向全國各地報社廣泛供應。

1927

5月　本社移至南京，尹述賢擔任主任，在成賢街國民黨中央宣傳部內開始發稿，每晚12時發稿一次，內容分電訊、本埠新聞、特稿3類。

8月　每日增發午稿一次。

南京國民黨中央黨部外觀。

1928

7月　先後在杭州、徐州、濟南、開封、重慶等各地設通訊員。

8月　余唯一擔任中央社主任。

1929

2月　設武漢分社。

1930

12月　設上海電訊處，發行中、英文稿。

1931

10月　先後與英國路透社、美國美聯社、法國哈瓦斯社、蘇俄塔斯社訂立交換新聞合約，收回各國通訊社在我國發行中文通訊稿之權。

11月　每日發行社稿4次，並由中央廣播電台播發短波新聞廣播。

1932

5月　本社改為社長制，由蕭同茲擔任社長，下設編輯、採訪、事務三組，自國民黨中央黨部遷出，社址設在南京洪武路壽康里，獨立經營，每日發行社稿3次。

中央社首位社長蕭同茲（右）及夫人。

7月　接收路透社南京、上海2電台，設南京總社電台、上海分社電台。與路透社訂約，收回該社在我國北平、天津發行中文通訊稿之權。

1933

7月　本社新聞開始用無線電播發各分社。南京、上海、漢口、北平、天津、西安、香港等地無線電訊網設置完成。

9/1　天津分社首先編發英文新聞稿。

1934

3月　開始播發密碼電訊，並編發參考電訊。

9月　總社設英文編輯組，開始發行英文新聞稿，每日3次。總社設徵集組，從事資料徵集工作。

1935

1月　發報機裝竣，用以播發甲種新聞廣播（CAP）供應全國。

6月　與交通部簽訂特准本社設立專用電台合約。

中央社發報台設備。

1936

1月　修正總社組織規程，改組設編輯、採訪、英文編輯、徵集、電務、事務等6部。

6月　設東京分社，為本社第一個國外分社。

1937

1937年南京總社被敵機炸毀。

1月　與美國合眾社訂立新聞合約，並在南京編發該社中文稿。

4月　總社在南京中山東路購地8畝，設計自建7層辦公大廈。

7月　抗日戰爭爆發，北平、天津分社準備應變。

8月　淞滬會戰爆發，上海分社使用信鴿傳遞戰訊。總社全部資料圖書運至湖南。設衡陽通訊員。派員隨軍採訪報導戰訊。

9月　南京總社被炸，新聞廣播移上海播發。

11月　國軍退出淞滬，上海分社被迫結束，仍祕密從事通訊工作。東京特派員陳博生被迫歸國。派遣日內瓦特派員採訪《九國公約》會議新聞。

12月　總社遷至漢口，發行新聞圖片稿。

1938

3月　重慶、長沙、漢口聯合電台組設完成，合併使用，加強戰訊報導。

4月　開始編發對國外新聞廣播。與美國合眾社訂立臨時新聞合約。

5月　總社設攝影部。派員赴徐州會戰前線，隨軍報導戰訊。

6月　派遣駐歐、駐美特派員。設水上流動通訊船電台，以備通報。

10月　總社由漢口遷重慶。

1939

總編輯室工作情形，後右為首任總編輯陳博生。

1月　總社設總編輯，聘陳博生擔任。發行《英文中國》半月刊。

5月　重慶總社被炸，2人殉職。

7月　總社遷重慶中二路新址。

8月　與《新疆日報》議定交換新聞辦法。

11月　與美國合眾社訂立新聞合約。接收德國海通社電台，抄收並編發該社新聞廣播。

12月　《英文中國》半月刊移香港繼續發行。

1940

4月　上饒隨軍組被炸，1人殉職。

7月　信鴿隊在重慶近郊訓練完成。

10月　設倫敦辦事處。

1941

1月　設緬甸仰光特約通訊員。

2月　設華盛頓辦事處。

7月　設新加坡分社，8月發行中文稿，供應當地僑報。

11月　設葡萄牙里斯本特派員。

12月　香港被日軍占領，香港分社停止工作。《英文中國》半月刊停刊。

中央社信鴿。

1942

中央社記者俞創碩隨國軍赴緬甸，拍下軍隊整裝出發的畫面。

1月　廣州分社電台遭毀。上海分社祕密電台曝光，報務員周維善被日軍逮捕後遇害。

2月　新加坡分社因星島被日軍占領，移至蘇門答臘。

4月　派員隨國軍入緬採訪戰訊。派員隨美機採訪轟炸東京及東北消息。

8月　設印度新德里分社。天津分社祕密電台被敵搜獲，沒收發報機一架。派員隨蔣宋美齡赴迪化。

1943

2月　派遣華盛頓特派員隨蔣宋美齡赴美國各地、加拿大訪問。四川省政府委託成都分社，辦理省區新聞廣播。

4月　總社設編譯部。設沅陵分社。

6月 派員駐盟軍參謀長史迪威總部，隨空軍採訪轟炸行動。

9月 設莫斯科特派員。派員前往西南太平洋、地中海各盟軍戰地採訪。印度分社改為印度辦事處，設特派員。設迪化分社。

10月 設紐約分社。

11月 設倫敦特派員。

1944

3月 設寧夏分社。

1945

4月 設巴黎特派員。

5月 設柏林特派員。派員駐麥克阿瑟將軍總部採訪戰訊。

7月 派員駐中國陸軍總部採訪戰訊。

8月 日本投降，抗戰結束。總社祕書曹蔭稦由重慶赴北京，設總社辦事處，籌備復員。派員赴芷江參加在華日軍投降典禮。武漢、廣州、洛陽、長沙、南昌等分社業務恢復。派員赴香港、東北、台灣籌設分社。

9月 總編輯陳博生應邀赴日，參加在美艦「密蘇里號」舉行的受降典禮。派員接收南京、上海、廣州、北平、天津、濟南、徐州、揚州、杭州、保定、台北等地日本同盟社及汪政權通訊社。恢復本社分社或辦事處業務。設太原分社。

10月 派員接收青島、開封、越南河內日本同盟社，設青島、開封2分社。設台北特派員、籌設分社。

11月 設杭州分社。

12月 設青島辦事處。

1946

1月 設長春分社。

2月 設台北分社，葉明勳擔任主任。設菲律賓馬尼拉分社。

7月 台北分社設花蓮、台南、高雄、台中、基隆5辦事處。

8月 設土耳其安卡拉特派員。

台北分社主任葉明勳的派令，由總社於1946年2月1日發出。

1947

1月 台北分社辦理台灣省區新聞廣播（CTP）。

| 4月 | 開始使用自動摩斯發報機，播發甲種新聞廣播。 |
| 8月 | 設西貢特派員。設舊金山特派員。 |

1948

| 6月 | 中共擴大叛亂，開封失陷，開封分社停閉。 |
| 11月 | 東北各省相繼淪陷，長春、瀋陽2分社被迫撤銷。徐蚌會戰爆發，總社開始疏散應變。倫敦、柏林、巴黎、安卡拉、日內瓦、雪梨、西貢、布宜諾斯艾利斯等地辦事處撤銷。 |

1949

2月	總社遷廣州、裁減職員至200人。
7月	總社在台北設辦事處。
8月	新聞稿、國內外電訊，一律改用白話文。
10月	總社隨政府遷重慶。
11月	重慶淪陷，總社12月底正式遷台北。

1954年2月1日，總社同仁摩斯發報機紙帶鑿孔工作情形。

| 12月 | 自成都撤退之同仁所乘軍機，在海南島海口失事，2人遇難，7人受傷。 |

1950

5月	社長蕭同茲邀美國記者組團訪台。
9月	管理委員會成立，蕭同茲為主任委員。管委會聘曾虛白為社長、魏景蒙為副社長。
11月	台北分社撤銷。恢復英文電訊廣播。

1951

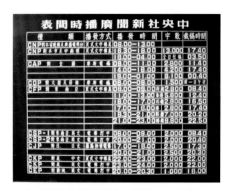

中央社新聞廣播時間表，圖為1970年版。

| 5月 | 恢復倫敦辦事處。 |
| 8月 | 與法新社訂約，抄收該社電訊譯發。改變簡明新聞廣播（COP）內容，供沿海軍事前進據點、大陸反共游擊隊抄收。與韓國大韓通訊社簽訂臨時合約。 |

1952

1月　與西班牙愛斐通訊社訂約交換圖片。

3月　開始使用條式文字傳真機。東京分社發行中文「速報」、英文「經濟新聞」。

6月　英文新聞稿公開發行。

11月　與日本共同社簽訂交換新聞合約。

12月　與韓國新大韓通訊社簽訂供應新聞合約，授權該社在韓編發本社新聞稿。

1952年2月18日，台北與東京之間首次照片傳真。

1953

1月　發行英文商業新聞稿。

4月　與印尼安尼達通訊社簽訂供應新聞合約，授權該社編發本社英文新聞稿。

7月　在倫敦設西歐辦事處，下轄巴黎、波昂、馬德里3通訊處。開始使用無線電電動打字機電訊設備，收錄美國合眾社電訊廣播。

9月　英文新聞稿改名「英文快報」（Express News）。

1984年8月31日，中央社「英文快報」50週年茶會。潘煥昆社長（右4）切蛋糕，右起呂力人、黃三儀、曲克寬、楊允達、廖壽衡等同仁。

1954

1月　為台北各報裝置無線電電動打字機電訊設備，由本社轉供合眾社全部電訊。

5月　香港分社設「匪情研究室」，編發大陸新聞。

6月　編譯發行時事叢書第一種《狄恩回憶錄》。

7月　開始收錄法新社無線電電動打字電訊廣播。

11月　設澳洲雪梨通訊處。

1955

5月 　與韓國經濟通訊社簽訂供應新聞合約，授權該社編發本社新聞稿、東京分社經濟新聞。

7月 　設馬祖辦事處。

10月 　西歐辦事處改為倫敦分社；巴黎、波昂兩地通訊處均改為辦事處，受倫敦分社督導。

12月 　在台北郊區天母建立無線國際發報台。

倫敦分社門牌。

1956

8月 　恢復舊金山辦事處。

9月 　辦理對美國中、英文新聞廣播（CKP），由行政院新聞局在美所設中華新聞社收錄發稿。

1957

1月 　辦理對泰國中文條式文字傳真新聞廣播，由曼谷辦事處收錄編印發稿。

3月 　漢城通訊處改為辦事處。

4月 　對美新聞廣播原用摩斯電報機發報，改用無線電電動打字機電訊設備發報。

6月 　設中興新村分社。

11月 　與韓國大韓通訊社訂立供應新聞合約。

1958

4月 　在台北市郊二重埔興建國際電訊收報台。

6月 　倫敦分社改名西歐分社，督導西歐各地辦事處業務。與西德德國通訊社訂立交換新聞合約，互收新聞廣播編發。

7月 　與越南自由太平洋通訊社簽訂供應新聞合約。

8月 　與越南新聞社訂立交換新聞合約，互收新聞廣播編發。

1959

3月 　與西班牙巴塞隆納之翁達斯社協議交換航訊、特稿。

4月 　發行英文航訊特稿（Airmail Service），每週一期。

5月　與阿根廷電訊新聞社協議，交換航訊、特稿、新聞圖片。

6月　設巴西里約熱內盧特約通訊員。

10月　設羅馬特派員。

1960

6月　與韓國時事通訊社簽訂供應新聞合約。

10月　與駐巴西大使館合作，在巴西發行葡文新聞雙週刊。

1961

4月　馬德里通訊處發行西班牙文新聞稿，每3日發行一次。

1962

1月　與義大利新聞社協議交換新聞圖片。

7月　東京分社收錄總社日文新聞廣播後，改發行日文新聞稿。

9月　與葡萄牙亞尼通訊社簽訂交換新聞及圖片合約。與西班牙歐洲攝影新聞社交換新聞圖片。

1965年4月12日，德國通訊社社長威能博士（右）拜會中央社社長馬星野（左）。

12月　辦理對歐洲英文新聞廣播（CEP），洽由德國通訊社收錄發稿。

1963

6月　總社設「匪情新聞組」，隸屬總編輯室，編發大陸新聞稿。

1964

1月　總社遷至台北市松江路209號新址辦公。

12月　管理委員會改組，社長曾虛白為主任委員，馬星野為社長。

1964年1月，總社遷至台北市松江路辦公。

1965

2月　與日本時事通訊社訂立交換新聞合約，互收新聞廣播編發。

3月　設衣索比亞阿迪斯阿貝巴辦事處。

4月　與美聯社簽訂合約，取得該社新聞在我國境內發稿權。開始使用頁式文字傳真機，此項傳真廣播定名為CNP。與西德德國通訊社重訂新約。

5月	譯發林語堂英文小說《逃向自由城》，並出版單行本。
11月	與韓國合同通訊社簽訂交換新聞及圖片合約，互收新聞廣播編發。

1966

5月	英文快報增加編印「經濟版」（Financial Edition），公開發行。
6月	與西班牙愛斐社重訂新約，除交換新聞及圖片外，該社並將本社新聞轉發葡萄牙、北非、中南美洲各國。
8月	改善西歐各單位專電傳遞，由西歐分社租用海底電纜線路，將專電傳至東京，轉發台北總社。
10月	在秘魯利馬設南美辦事處。與義大利新聞社重訂交換新聞合約。

中央社為慶祝中南美洲辦事處成立，1966年12月17日在秘魯利馬舉行酒會，左2為中央社秘魯特派員王允昌、左3為我國駐秘魯大使孫邦華。

1967

3月	設馬來西亞吉隆坡辦事處。
6月	增加西貢特派員，加強西貢辦事處業務。設加拿大渥太華辦事處。
7月	社長馬星野出席「亞洲新聞通訊社組織」在東京舉行的第二屆大會，本社當選為執行理事會5個理事之一。
8月	與英國路透社恢復合作關係。
9月	與菲律賓新聞社訂立交換新聞合約。授權越南新聞社收錄本社中文新聞廣播，在西貢發稿。

1968

1月	與荷蘭通訊社協議交換圖片稿。
7月	擴編中興新村分社，改為台灣中部分社。

1969

3月	與印尼安塔拉通訊社恢復合作。編印外國人名《譯名彙錄》，加強推行譯名統一工作。
4月	與秘魯聯合新聞社訂立合約，交換新聞資料。
7月	恢復印尼雅加達辦事處。擴編高雄辦事處，改為台灣南部分社。
9月	與行政院新聞局駐奧地利維也納新聞處、奧地利通訊社合

作，收錄本社對歐洲英文新聞廣播，以本社名義在奧發行德文稿。

1970

2月　與比利時通訊社協議，交換新聞圖片稿轉發。

6月　向美國國際電話電報公司（ITT）租用太平洋通訊衛星新聞電訊線路（Public Bulletin Service-PBS），將本社美國3單位專電直發台北。

8月　亞洲新聞通訊社組織在東京舉行第三屆大會，本社連任執行理事會理事。

9月　與韓國東洋通訊社簽訂合約，交換新聞圖片與航訊特稿；並與韓國合同社協議，交換新聞圖片，加強合作。

1971

5月　在桃園縣新屋鄉興建兩處無線電國際發報台及收報台，並在龜山建築中繼站，隔年啟用。

8月　與巴拉圭國家新聞社簽訂合約，交換新聞與新聞圖片稿。

12月　聯合國祕書長宇譚撤銷本社採訪聯合國新聞權利，引發多國抗議。

1972

6月　管理委員會改組，主任委員曾虛白退休，聘為顧問，由

馬星野擔任主任委員，魏景蒙為社長。

7月　設維也納辦事處，並與新聞局駐奧機構合作，發行德文新聞稿。

1972年6月9日，新任社長魏景蒙（前）於交接典禮致詞。

1973

1月　與東京太平洋通訊社合作，透過該社發行日文《台灣新聞公報》。

4月　改組為股份有限公司，召開第一次股東常會，並於董事與監察人會議選舉馬星野為董事長，谷正綱為常駐監察人，聘魏景蒙為社長，王家樹為副社長。與合眾國際社加強合作，利用其全球通訊網與通訊衛星設備傳遞專電與英文新聞廣播。

1974

6月　在約旦安曼設中東辦事處。

8月　設巴拿馬辦事處。

1975

2月　設巴西辦事處。

4月　西貢淪陷，西貢辦事處撤銷。

6月　設美國洛杉磯辦事處。設南非約翰尼斯堡辦事處。

1976

1月　華盛頓辦事處升格為分社，紐約分社改為辦事處。

5月　與葡萄牙新聞社簽訂合作協定。設芝加哥辦事處。設象牙海岸辦事處。

國內部副主任林章松（右）到機場歡送駐華盛頓分社記者吳恕（左）赴任。他們兩人連同胡宗駒，曾同期報考中央社儲備派駐海外記者。

1977

5月　創辦對海輪頁式中文新聞傳真廣播（CMP），供航行世界各處的我國海輪直接收錄。

9月　與哥倫比亞泛美新聞社合作發行「亞洲天地」西班牙文新聞稿。

11月　設瑞典斯德哥爾摩辦事處。

1978

1978年6月23日，第六屆第一次董事會議，推選馬星野（左）為董事長，林徵祁（右）為社長。

7月　社長魏景蒙退休，林徵祁擔任社長，彭清為副社長。加拿大渥太華辦事處升格為分社。

8月　「國際問題譯粹」創刊。

11月　設沙烏地阿拉伯吉達辦事處。透過遠東新聞社，將專稿供應東南亞地區的中文僑報刊用。

1979

1月　設哥倫比亞波哥大辦事處。亞洲通訊社組織（OANA）第四屆會員大會通過排除本社會員資格，替中共新華社入會鋪路，本社代表魏景蒙於投下反對票後退席，並發表抗議聲明。

3月　設阿根廷布宜諾斯艾利斯辦事處。與瑞典新聞社、象牙海岸新聞社、印度聯合新聞社交換新聞資料。

4月　與路透社簽約，收錄其經由通訊衛星播發的商情新聞。

1980

2月　設美國休士頓辦事處。

3月　與阿根廷泰蘭通訊社簽訂合約，交換新聞電訊、航訊與圖片。

5月　與沙烏地阿拉伯沙烏地新聞社簽訂新聞合作合約。

8月　與南非通訊社簽訂合約，交換新聞電訊。

9月　設美國波士頓辦事處。

10月　瑞典斯德哥爾摩辦事處升格為北歐分社。

1981

5月　社長林徵祁離職，潘煥昆擔任社長，楊孔鑫為副社長。

9月　設比利時布魯塞爾辦事處。

1982

1月　遷入新落成之志清大樓辦公。使用中文電腦對美國播發中文新聞。

松江路志清大樓前，春節軍民聯歡遊藝隊演出祥龍獻瑞。

1983

1月　總編輯曲克寬升任副社長，暫兼總編輯。

2月　董事會增聘葉建麗為副社長。

4月　59週年社慶，正式以中文電腦發稿，使我國新聞通訊事業進入電腦化時代。

5月　副社長曲克寬免兼總編輯，由副總編輯冷若水升任總編輯。

10月　與斯里蘭卡國家通訊社建立新聞合作關係。

1984

中央社60週年慶祝大會。

4月　60週年社慶，開始實施英文、西班牙文電腦發稿作業，並出版《中央社六十年》、英文社史，發行紀念郵票。

10月　設巴拉圭辦事處。

1985

4月　與秘魯安第那國家通訊社簽訂合作協議書。

6月	股東常會聘曹聖芬為董事長，潘煥昆續任社長。	6/27	股東常會聘黃天才為董事長，洪健昭為社長。

6月　股東常會聘曹聖芬為董事長，潘煥昆續任社長。

10月　波昂辦事處特派員范同仲升任副社長。

1986

2月　設美西分社，曲克寬擔任主任。

10月　設烏拉圭辦事處。

1987

3月　啟用電訊部研發的電腦無線電裝置。

4月　西班牙文《今日亞洲》週報創刊。總編輯王應機應邀赴美國舊金山參加「全美報紙編輯人協會」年會。

1988

4月　黃天才接任社長。

8月　副總編輯呂康玉代理總編輯，王應機調任紐約分社主任，李祖原為副社長。

1989

4月　啟用新型英文電腦全面連線作業系統、發行彩色新聞圖片。

8月　洪健昭擔任副社長。

1990

4/1　66週年社慶，在各縣市巡迴舉行「中央社珍藏照片展」。

6/27　股東常會聘黃天才為董事長，洪健昭為社長。

11/5　啟用中文電腦網路發稿系統。

12月　編印「世界年鑑暨名人錄」，為第一本採台灣視角，由新聞媒體發行的年度工具書。

中央社從《1990世界年鑑》開始，持續出版「世界年鑑」至今。

1991

4/1　總社發稿作業全面電腦化。

11/4　「中央通訊社設置條例草案」經立法院初審通過。

1992

6/1　與外蒙古通訊社簽訂新聞交換協定。與芬蘭攝影新聞通訊社交換新聞照片。

7/17　股東常會聘洪健昭為董事長，邵恩新為常駐監察人，唐盼盼為社長，丁侃為副社長。

8/1　與馬拉威通訊社簽訂新聞交換合作協定。

1993

6/29　股東常會選舉蕭天讚為董事長，鄭貞銘為常駐監察人。

9月　聯合國以「中央社是官方通訊社」為由收回本社王應機的採訪證，本社發表抗議聲明。

10/10　編發「歷史上的今天」文稿。

11/2　首次製作語音新聞，提供廣播電台播放。

11/10　與俄羅斯伊塔塔斯通訊社簽訂新聞合作協議書。

1994

4/29　臨時董事、監察人會議聘施克敏為社長。

1995

7/11　歷年新聞照片約100萬張，改用光碟保存。

1995年12月26日，「中央通訊社設置條例草案」審議，朝野立委熱烈討論。

12/29　立法院三讀通過「中央通訊社設置條例」，為本社由中國國民黨黨營事業轉型成全民所有、獨立經營之公共媒體，取得法源依據。

1996

中央社1996年即創設全球資訊網，圖為2007年3月上線的更新版，新增了《新聞大舞台》月刊、「世界年鑑」等資料庫。

1/17　「中央通訊社設置條例」總統令公布施行。

2/14　舉行改制慶祝酒會，副總統李元簇出席祝賀。

7/1　改制為財團法人後第一屆董監事會成立，蕭天讚為董事長，鄭貞銘為常務監事，施克敏為社長，黃敬質為副社長。

9月　中央社全球資訊網上線，提供中文／英文／西班牙文新聞、商情新聞。

10/10　與塞內加爾國家通訊社簽訂新聞合作協定。

1997

7/2　與法新社簽訂新聞合作協定。

7/4　與波蘭通訊社簽訂新聞合作協議。

11/17　施克敏轉任我國駐挪威代表，社長職務由汪萬里擔任。

12/1　國外分支單位全面採用網際網路發稿。

1998

6/5　與馬拉威通訊社簽訂英文新聞合作協議。

10/22　與斯洛伐克通訊社簽訂英文新聞交換合約。

12/15　推出商情部開發的財經資料庫「CNABC」。

1999

1/1　國外部開始編發英文版「歷史上的今天」。

2/1　停止租用衛星線路，全面改採網路傳輸通訊。與路透社恢復新聞交流。

7/1　第二屆董監事會成立，蕭天讚續任董事長，鄭貞銘續任常務監事，汪萬里續任社長，黃敬質為副社長。

2000

5/16　與哥斯大黎加、瓜地馬拉、薩爾瓦多、宏都拉斯、尼加拉瓜駐華大使館代表，簽訂經貿資訊交流合作協定。

9/21　與葡萄牙國家通訊社簽訂新聞合作協定。

10/9　與馬其頓通訊社簽訂新聞合作合約。

10/17　與法新社簽訂網路版中文新聞合作協議。

2001

9/6　與西班牙愛斐社簽訂新聞服務合作協定。

中央社社長汪萬里（左）與西班牙文新聞通訊社愛斐社代表 Maria Luisa Rubio（右）簽約。

2002

7/1　第三屆董監事會成立，蘇正平為董事長，鄭貞銘為常務監事，胡元輝董事兼任社長，李萬來為副社長。

8/12　常務監事王應機到任。

2003

1/10　與文建會合作辦理老照片數位典藏計畫。

3/31　承辦僑委會之宏觀電視僑社新聞開播。

7/1　《新聞大舞台》月刊創刊。

2004

3/10　與歐洲圖片新聞社展開新聞照片交流合作。

6/28　舉行80週年社慶紀念郵票、《走過台灣一甲子》專書及珍貴老照片展出聯合記者會。

7/1　「好望角」數位化照片平台網站上線。

中央社攝影專書《走過台灣一甲子》及紀念郵票，2004年6月28日舉行發行記者會，由中央社社長胡元輝（左）、中華郵政副總經理蘇天富（右）主持。

2005

1/1　胡元輝轉任公共電視總經理，社長職務由副社長李萬來代理。

5/5　與墨西哥通訊社簽訂新聞交換合約。

7/1　第四屆董監事會成立，蘇正平續任董事長，盧世祥為常務監事，社長職務由副社長劉志聰代理。

8/11　聘代理社長劉志聰為社長，黃東烈為副社長。

12/31　啟用辦公室自動化系統。

2006

6/29　與美國商業新聞社、韓聯社簽訂業務合作協定。

9/1　設印度新德里辦事處。

2007

1/1　與印度聯合新聞社簽訂合作協定。

4/24　兩岸新聞中心設中國上海駐點。

6月　與美國Stats、Landov公司合作，提供體育資訊服務。

2008

7/1　第五屆董監事會成立，黃肇松為董事長，羅智成為常務監事，陳申青為社長，羅智強為副社長。

12/30　舉行「政府資訊頻道上線暨《全球中央》雜誌創刊酒會」。

2008年12月30日，「政府資訊頻道上線暨《全球中央》雜誌創刊酒會」，左起中央社董事長黃肇松、副總統蕭萬長、中央社社長陳申青。

2009

4/1　85週年社慶，總統馬英九出席祝賀。

10月　「每週好書讀」網站專欄上線。

10/14　董事長洪健昭到任。

總統馬英九出席中央社85週年社慶典禮暨「今天的台灣英雄」座談會，左起中央社同仁張東旭、李小清、范筱英。

2010

1/1　推出中文版「一手新聞」手機平台。

2/1　「Focus Taiwan」英文新聞網站上線。2/3舉行發布酒會，行政院副院長朱立倫出席祝賀。

4/1　86週年社慶，印尼安塔拉國家通訊社社長穆克里斯（Ahmad Mukhlis Yusuf）出席祝賀。「全球視野」影音頻道開播。

客委會第一本外譯書《賴和小說集》，2010年10月22日於中央社舉辦新書發表會，英譯者中央社董事長洪健昭於會中致詞。

7/1　「全球視野」在中華電信MOD、華視55頻道播出。「Focus Taiwan」推出影音新聞。

8/13　設Facebook「中央社新聞粉絲團」。

9/25　設越南駐點。

2011

4/1　87週年社慶，宗教領袖達賴喇嘛透過影音畫面祝賀。推出「一手新聞」Android App。

6/16　啟用自行開發的CNews新聞多媒體作業系統。

7/1　第六屆董監事會成立，陳國祥為董事長，陳俊明為常務監事，羅智成董事兼任社長，邵平雲為副社長。推出「一手新聞」iPhone App及iPad App、「Focus Taiwan」iPhone App及Android App。

7/18　「フォーカス台湾」日文新聞網站上線。

2011年7月1日，中央社改制15週年慶，發表新的「一手新聞」和「Focus Taiwan」App，中央社社長羅智成在典禮上致詞。

2012

1/13　與泰國第三電視台簽訂影音新聞合作協議。

3/30　與土耳其吉漢新聞社簽訂新聞合作協議。

4/19　常務監事周志誠到任。

7/10　社長樊祥麟到任。

12/1　日文新聞上架日本Excite入口網站。

2012年7月6日，中央社第六屆董事會第五次會議，通過社長由央廣總台長樊祥麟（左）接任，右為中央社董事長陳國祥。

12/7　與日本共同社簽訂合作備忘錄。

2013

10月　建置異地備援中心，達成發稿系統、主網站主機災難還原需求。

10/31　恢復自辦曾虛白先生新聞獎，增設台達能源與氣候特別獎。

12/18　與日本入口網站Yahoo展開交流合作。

2014

4/1　90週年社慶酒會，總統馬英九出席祝賀。出版《中央社90年》特刊。

7/1　第七屆董監事會成立，陳國祥續任董事長，劉宗德為常務監事，樊祥麟續任社長。「Focus Taiwan」英文、日文行動版網頁上線。

8月　「フォーカス台湾」日文App上線。

10月 新聞照片數位典藏計畫獲文化部補助，將本社100多萬張照片掃描成高解析度數位檔案。comScore調查，本社主網站為台灣第七大原生新聞網站。

10/1 與株式會社日本經濟新聞數位媒體展開英文新聞交流。

10/9 與葡萄牙Lusa新聞社簽訂合作備忘錄，交換文字、照片等新聞產品。

11/28 與印尼安塔拉通訊社交換英文新聞，簽訂合作備忘錄。

12/1 與日本共同社交換影音新聞。

2015

1/21 副社長呂志翔到任。

2/9 副社長兼總編輯張慧英到任。

5月 與蒙古通訊社簽訂合作協議，交換文字新聞、照片、圖表、影音新聞。

7/10 「一手新聞」Apple Watch App上架，提升行動裝置App競爭力。

9月 在Facebook等社群平台試推新聞短影音。

11/16 「中央社新聞粉絲團」獲Facebook藍勾認證。

中央社開發的「一手新聞」Apple Watch App，2015年7月10日上架。

11/19 與法國國際廣播電台集團確認合作備忘錄，獲同意使用對方新聞內容。

2016

5/31 與土耳其國家通訊社安納杜魯社（AA）簽訂合作備忘錄，交換各類新聞產品。

7/1 推出「特派員看世界」專欄。

7/11 與法新社合作推出「2016里約奧運新聞專區」。

8/10 德國經濟辦事處處長賀安德（Andreas Hergenrother）來訪。

9/26 俄羅斯駐台北代表處代表紀柏梁（Dmitry Polyanskiy）來訪。

2017

3/27 與俄羅斯衛星社簽訂新聞合作協議，交換新聞資訊。

7/1 第八屆董監事會成立，劉克襄為董事長，邱晃泉為常務監事。董事會聘張瑞昌為社長，曾嬿卿為副社長。

10/13 宏都拉斯副總統葛芭拉（Ava Rossana Guevara Pinto）來訪。

11/1 恢復德國柏林駐點。與台北捷運公司合作，獨家供應中英文即時新聞於月台電視跑馬燈播放。

12/11 第一屆「我是海外特派員」活動於全台34所大專院校巡迴座談，2018年8月評選出3位實習生，分別至本社華盛頓辦事處、雅加達安塔拉通訊社、吉隆坡《星洲日報》實習。

2018

1/1 推出「文化+ 雙週報」，加強文化新聞產製。

4/24 中央社電子書城開幕。

6/14 英國牛津大學路透新聞學研究所的2018年數位新聞報告，本社在台灣地區媒體使用者即時新聞信任度中獲第一名。

7/2 設媒體實驗室。

8/24 與資策會簽訂合作備忘錄。

9/15 副總統陳建仁出席第一屆「我是海外特派員」活動成果發表會。

11/14 恢復土耳其安卡拉駐點。

2018年9月15日，副總統陳建仁（中）出席第一屆「我是海外特派員」成果發表會，與中央社董事長劉克襄（右2）及3位「小特派」合影留念。

中央社媒體實驗室2018年7月2日揭牌，左3起為總編輯兼媒體實驗室召集人陳正杰、中央社董事長劉克襄、社長張瑞昌、數位新聞中心主任兼媒體實驗室主任黃淑芳。

12月 《資通安全管理法》施行，本社列為C級之特定非公務機關，完成「資通安全維護計畫」、「資通安全事件通報及應變程序」訂定。

2019

1月 參與「國家文化記憶庫及促進數位加值應用計畫」，增補照片詮釋資料供國家文化記憶庫網站使用。

1/14 地震新聞自動進稿上線。

1/16 推出「國際新聞」電子報，每週三、週日上午10時發送。

2/25 本社勞資雙方首度簽訂團體協約。

3月 「悅讀閱讀」網站上線。

3/29 與政大新聞系簽訂合作意向書，合作開設公共傳媒新聞課程。推出「早安世界」晨報，

每日上午8時發送，4/30起以電子報形式供訂閱。

4/11　總統蔡英文出席第二屆「我是海外特派員」活動記者會。

5月　《全球中央》雜誌與財團法人吳尊賢文教公益基金會合作，啟動公益贈閱模式。

6/10　社長張瑞昌訪日本共同社社長水谷亨等人，深化兩社交流。製作「2020東奧倒數」專題報導，專訪東京都知事小池百合子。

10/16　「台語文進行式」專題報導結集出版為《做伙走台步：疼入心肝的24堂台語課》。

11月　與資策會數位轉型研究所合作，以AI技術研發新聞人物人臉辨識系統，計畫獲文化部國家文化記憶庫補助，於2020年開發完成。

2020

2/6　設Instagram中央社帳號。

4/1　啟用Focus Taiwan「聽新聞」服務，中文語音新聞功能於2021年上線。

5月　因應COVID-19疫情建置遠距辦公系統。

7/1　第九屆董監事會成立，劉克襄為董事長，胡元輝為常務監事。董事會聘張瑞昌為社長，曾嬿卿為副社長。

9/1　出版《百年大疫COVID-19疫情全紀錄》，獲第45屆金鼎獎優良出版品推薦、文化部「第43次中小學生讀物選介」肯定。

9/10　第三屆「我是海外特派員」活動分享會，副總統賴清德與4位小特派座談。

9/19　承辦文化部「國際影音串流平台建置及營運前導計畫」。

2021

台灣首個國際影音串流平台TaiwanPlus開播，開播典禮2021年8月30日晚間在國立台灣博物館廣場舉行。

5月　「中共建黨百年專題」以電子報訂閱制推出，透過差異化的行銷手法培養忠實讀者，獲得多位兩岸領域專家分享與讚許。

5/19　全國COVID-19疫情警戒升為第三級，啟動分流上班機制。

6月　完成資訊機房改善專案，以國際綠色機房規範為指導依據。

8/30	國際影音串流平台TaiwanPlus全球開播典禮，副總統賴清德、立法院院長游錫堃、文化部部長李永得與外國駐台機構代表等出席祝賀。
9/1	「中央社好POD」Podcast節目開播，包含「文化普拉斯」、「特派談新事」、「空中小客廳」3單元。

2022

3/1	設波蘭華沙、瑞典斯德哥爾摩、西班牙馬德里、以色列特拉維夫、加拿大溫哥華駐點。
4/1	「文化+」影視產業職人專題結集出版為《做戲的人：新台劇　在路上》。
5/16	與東海大學政治學系產學合作，簽訂合作備忘錄。
6/30	與台灣科技大學產學合作，簽訂合作意向書。
9/1	出版《記者在現場》，獲文化部「第45次中小學生讀物選介」肯定。
9/20	取得資訊安全系統ISO 27001認證。
10/5	與軍聞社簽訂合作備忘錄。
10/14	「文化也是一門好生意：島嶼文化事．新副刊實驗的大勢美學」座談暨《島嶼文化事　文化+雙週報選粹》電子書發表會。

12/20	與日本TBS簽署合作協議，針對台日關係議題與國際重大事務相互支援，推動人員交流與經驗分享。

2023

1月	「全球視野」與連鎖飲料店平台、通路及大眾交通工具合作，播放國際影音新聞。
3/29	美國之音代理台長羅培茲來訪，盼促成本社與美國國際媒體署（USAGM）簽訂合作備忘錄。
5月	開發AI內容產製工具「ChatGPT幫你SRT」，將影音、音檔轉化為字幕SRT檔案。
7/1	第10屆董監事會成立，李永得為董事長，邱晃泉為常務監事。董事會聘曾嬿卿為社長，陳正杰為副社長。
8月	《全球中央》第四度入選「文化部中小學生讀物選介」。

2023年7月3日中央社第10屆董監事會布達暨新舊任董事長交接典禮，卸任董事長劉克襄（左）將印信交給新任董事長李永得（右），由行政院祕書長李孟諺（中）監交。

9/1　發布「生成式AI使用規範」與「生成式AI應用指南」。

9/18　豪雨新聞自動進稿上線。

10/26　第六屆「我是海外特派員」成果分享會，行政院院長陳建仁與4位小特派座談。

2024

2024年3月30日，「百年轉身‧自由永續──中央社百年風華攝影暨文物展」開幕合影，前排左起中央社社長曾嬿卿、總統府資政葉菊蘭、中央社董事長李永得、總統蔡英文、行政院院長陳建仁、外交部部長吳釗燮、文化部部長史哲。

1/19　與印度亞洲國際新聞社簽署合作協議，互換新聞，開啟台印新聞交流。

2/29　勞資雙方簽署新修訂之團體協約，勞動部部長許銘春、台北市政府勞動局局長高寶華受邀觀禮。

3/28　與農業部林業及自然保育署宜蘭分署合辦「捐發票換樹苗」活動贈苗儀式。

3/30　「百年轉身‧自由永續──中央社百年風華攝影暨文物展」於台灣當代文化實驗場C-LAB開展，總統蔡英文、行政院院長陳建仁、外交部部長吳釗燮、文化部部長史哲、總統府資政葉菊蘭等政要與媒體高層出席祝賀。

5/1　出版《碳交易的28堂課》，記述台灣淨零轉型路上與時俱進的案例，解析各國碳權機制運作，廣受產官學界肯定。6/5世界環境日舉行新書發表會，並分別於北中南三區舉辦「邁向零碳永續新時代」系列論壇。

《碳交易的28堂課》於2024年5月1日推出，為準備加入淨零行列的企業提供借鏡。

7/1　100週年社慶國際論壇暨酒會，宣示「Focus Taiwan」印尼文新聞網站、「CNA淨零永續　低碳未來」網站上線。虛擬主播首次亮相，同步啟用AI生成中央社專屬聲音模型，將多元運用於新聞產品。

歷任董事長

馬星野
任期1973年4月2日～1985年6月30日

曹聖芬
任期1985年7月1日～1990年6月30日

黃天才
任期1990年7月1日～1992年7月16日

洪健昭
任期1992年7月17日～1993年6月28日

蕭天讚
任期1993年6月29日～2002年6月30日

蘇正平
任期2002年7月1日～2008年6月30日

黃肇松
任期2008年7月1日～2009年9月30日

洪健昭
任期2009年10月14日～2011年6月30日

陳國祥
任期2011年7月1日～2017年6月30日

劉克襄
任期2017年7月1日～2023年6月30日

李永得
任期2023年7月1日～

註：中央社於1973年4月2日改組為股份有限公司，成立董事會；此前則設立管理委員會，1950至1973年間蕭同茲、曾虛白、馬星野先後擔任管理委員會主任委員。

歷任社長

蕭同茲
任期1932年5月1日～1950年10月1日

曾虛白
任期1950年10月2日～1964年12月20日

馬星野
任期1964年12月21日～1972年6月8日

魏景蒙
任期1972年6月9日～1978年7月2日

林徵祁
任期1978年7月3日～1981年5月13日

潘煥昆
任期1981年5月14日～1988年4月11日

黃天才
任期1988年4月12日～1990年6月30日

洪健昭
任期1990年7月1日～1992年7月16日

唐盼盼
任期1992年7月17日～1994年4月30日

施克敏
任期1994年5月1日～1997年10月31日

汪萬里
任期1997年11月17日～2002年6月30日

胡元輝
任期2002年7月1日～2004年12月31日

李萬來（代理）
任期2005年1月1日～2005年6月30日

劉志聰
任期2005年7月1日～2008年6月30日

陳申青
任期2008年7月1日～2011年6月30日

羅智成
任期2011年7月1日～2012年7月9日

樊祥麟
任期2012年7月10日～2017年6月30日

張瑞昌
任期2017年7月1日～2023年6月30日

曾嬿卿
任期2023年7月1日～

銘感

中央社 100 週年社慶，渥承各公私單位祝賀，謹致謝忱。

一卡通票證股份有限公司

中國信託商業銀行股份有限公司

中國輸出入銀行

中華航空公司

中華郵政股份有限公司

中華開發金融控股股份有限公司

中華電信股份有限公司

日藥本舖股份有限公司

台灣大哥大股份有限公司

台灣中油股份有限公司

台灣電力公司

外交部

兆豐國際商業銀行股份有限公司

和泰集團

國立虎尾科技大學

國泰金融控股股份有限公司

長榮航空股份有限公司

客家委員會

財團法人客家公共傳播基金會

財團法人唐獎教育基金會

財團法人中華民國證券櫃檯買賣中心

財團法人台灣敦睦聯誼會所屬
作業組織台北圓山大飯店

財團法人吳尊賢文教公益基金會 臺南市政府

高雄市政府新聞局 臺灣期貨交易所股份有限公司

高雄市政府農業局 臺灣菸酒股份有限公司

悠遊卡股份有限公司 臺灣集中保管結算所股份有限公司

富邦金融控股股份有限公司 臺灣銀行股份有限公司

華南金融控股股份有限公司 臺灣證券交易所股份有限公司

農業部茶及飲料作物改良場 遠雄集團

農業部農糧署 遠傳電信股份有限公司

漢來大飯店 環境部

漢來美食股份有限公司 麗寶集團

臺北流行音樂中心 （依筆畫順序）

出版者｜中央通訊社
董事長｜李永得
社　長｜曾嬿卿
副社長｜陳正杰
總編輯｜王思捷
出版委員｜梁惠玲、黃瑞弘、吳協昌、黃淑芳、陳家瑜、宋育泰
　　　　　萬淑彰、許雅靜、蘇聖斌、梁君棣、吳素柔、陳靜宜

作　者｜中央通訊社
編　輯｜林孟汝、蘇筱雯、蔡素蓉、田瑞華、楊迪雅、王勝雨
主視覺設計｜蕭青陽
美術編輯｜范育菁、郭秀文、張瓊尹

印　刷｜上海印刷廠股份有限公司
　　　　236041新北市土城區大暖路71號

出版日期｜2024年7月初版
ＩＳＢＮ｜978-626-98461-2-2
EISBN｜9786269846115（PDF）
定　價｜390元

訂購處｜ 1.中央通訊社資訊中心出版組
　　　　　104472 臺北市松江路209號8樓
　　　　　電話：（02）2505-1180#817
　　　　　傳真：（02）2515-2766
　　　　2.國內各大書局

郵政劃撥帳號｜15581362 財團法人中央通訊社

中央通訊社網址｜https://www.cna.com.tw
讀者服務E-mail｜books@cna.com.tw

國家圖書館出版品預行編目(CIP)資料

中央社100年：自由永續之路／中央通訊社作.
　-- 初版.-- 臺北市：中央通訊社, 2024.07
　　　　　　　面；　公分
　　　ISBN 978-626-98461-2-2（精裝）

　　　　　1.CST：中央通訊社

896.21　　　　　　　　　　　113007574